흐린 강 저편

리토피아소설선 · 03
흐린 강 저편

인쇄 2020.09.24 발행 2020.09.29
지은이 김현숙
펴낸이 정기옥
펴낸곳 리토피아
출판등록 2006. 6. 15. 제2006-12호
주소 22162 인천 미추홀구 경인로 77
전화 032-883-5356 전송 032-891-5356
홈페이지 www.litopia21.com 전자우편 litopia@hanmail.net

ISBN-978-89-6412-136-8 03810
값 14,000원

이 도서의 국립중앙도서관 출판예정도서목록(CIP)은 서지정보유통지원시스템 홈
페이지(http://seoji.nl.go.kr)와 국가자료종합목록 구축시스템(http://kolis-net.nl.go.
kr)에서 이용하실 수 있습니다. (CIP제어번호 : CIP2020040741)

이 도서는 한국출판문화산업진흥원의 '2020년 출판콘텐츠 창작 지원사업'의 일환
으로 국민체육진흥기금을 지원받아 제작되었습니다.

김현숙 소설

# 흐린 강 저편

리토피아
LITERATURE & UTOPIA

끝없이 펼쳐진 하얀 설원. 폭풍 설한의 그 광활한 들판은 나의 신행길이었다. 나는 그 들길을 '골고다의 길'이라 이름했다. 삶과 진리를 향해 한없이 뻗어나간 십자가의 길. 그 길 앞에 서면 늘 천근 무게로 다가오는 근원 모를 중압감에 중심을 잃고 휘청거렸다.

가없는 지평선. 하늘과 땅이 거대한 포물선을 그리며 맞닿아 있는 곳. 그러나 그건 한낱 착시 현상일 뿐. 가도 가도 보이는 건 한량없이 허허한 허공. 하늘과 땅 사이는 아득하기만 했다.

하늘과 땅만큼의 까마득한 거리. 영원한 평행선. 지금도 들녘에 서면 가슴 가득 막막함이 밀려들어 순간 무아경에 빠지곤 함은 알 수가 없는 일이었다.

그러나 광야를 휘돌며 유유히 흐르는 흐린 물빛의 만경강. 서해로 흘러드는 하구 강둑에서 들녘을 내려다 보면 가슴 깊이 근원 모를 평화와 위안이 차오르곤 했다.

코로나 19로 온 세상이 시끄럽고 세계 곳곳이 전부 위험 지대가 되어 버린 이즈음. 내가 너를, 네가 나를 못 믿는 기막힌 단절의 시대가 도래했다. 그간 너무들 번잡하고 소통 과잉의 혼란 속에 뒤엉켜 살아온 탓일까. 문득 2년전 봄, 계간 리토피아에 처음 연재를 시작하던 때의 감회가 떠오른다.

작의라 할까, 집필 의도라 해야할까. 그때 지면에 끄적거린 몇 줄의 단상을 되짚어본다.

「세상이 너무 살벌하고 험하게만 변해간다. 고대 도시 소돔과 고모라가 연상되는 뭔가 잔뜩 불길한 예감을 떨쳐낼 수가 없다. 교육, 문화, 예술, 영상매체, 종교, 사회 각 분야에 뭔가 강력한 제어와 정화 장치가 시급한 때다. 이러한 시점, 미력이나마 졸작을 통해 적어도 가난과 낙후, 결핍에서 헤어나지 못했던, 그러나 사람 사는 세상의 따스한 온기와 가족애, 포근한 정 넘쳐흐르던 저 그리운 시절의 풍속화를 절절히 재현해 내고 싶었다. 그에 더해 이 시대 우리 사회의 분열과 갈등의 근간을 이루는 계층간, 도농간, 지역간의 대립과

격차. 그러나 궁극엔 그것이 다시 상생과 조화로서 화합해 나가기를 희구하는 마음으로 연재의 첫 장을 펼친다.」

연재에 앞서 언급한 뭔가 불길한 예감. 이것의 정체가 바로 삽시간에 전 세계를 덮쳐버린 코로나 팬데믹, 그것에의 예감이었을까.

스스로 생각해도 새삼 두렵고 망연자실할 따름이다.

농무와도 같이 앞을 헤아릴 길 없는 짙은 공포의 팬데믹. 그것이 되도록 하루 빨리 지구에서 완전 소멸되길 기도할 뿐이다.

끝으로 졸작의 연재를 위해 귀한 지면 내어주신 리토피아 장종권 대표님, 그리고 일당백으로 애써 주신 박하리 편집장님, 또한 늘 인내하고 지켜봐 준 가족과 문우들에게 깊은 감사와 사랑을 전한다.

2020년 여름

# 차례

1화

제*1*화

# 설야

서김제 IC. 고속도로 사인 보드의 지명을 보자 선뜩한 낯섦에 희연의 멀미기는 더욱 심해졌다. 귀성의 설렘을 대신하는 멀미기. 구정 전야의 교통 체증으로 목적지 도착은 근 너덧 시간이나 지연되었고 말이 고속도로였지 전날 종일토록 내려 퍼부은 폭설과 끝없이 이어지는 귀성 차량의 행렬로 인해, 도로는 생지옥이나 마찬가지였다. 희연을 실은 임시 운행의 관광버스는 엉금엉금 거의 기다시피 위험천만의 빙판길을 미끄러져 겨우 목적지에 당도했다. 그녀의 심신은 짠물에서 건져 올린 해초처럼 축 늘어져 있었다.

서울을 출발하면서부터 지녀온 심란스러움이 더욱 심한 멀미를 가져다준 것일까. 그녀는 몹시도 속이 메슥거림을 느꼈다. 따끈한 한 잔의 커피를 마실 수만 있다면! 그러나 그녀는 곧 고개를 저어 때와 장소에 도무지 맞지 않는 자신의 그러한 한가로운 생각을 지워버렸다. 시가媤家가 있는 이곳에 오면 늘 계절과는 관계없이 그녀가 느껴야만 하는 추위. 그 것은 극도의 긴장과 불편함에서 오는 그녀의 불안정한 심리 상태에서 발생되는 한기인지도 몰랐다.

너무 늦은 시각인 탓일까. 구정 전야임에도 소도시의 겨울밤은 놀라우리만큼 썰렁한 분위기를 자아내고 있었다. 어깨에 둘러멘 제법 묵직한 가방의 무게를 느끼며 그녀는 새삼 자신의 행색을 점검해보았다. 허름한 갈색 앵클 부츠 속으로 그 끝을 쑤셔넣은 회색 울 바지, 그리고 약간 색이 바랜 듯한 큼직한 청색 방한 점퍼. 그 정도의 차림새면 이 도시 어디에서건 결코 두드러지는 모습은 아닐 것이다.

이곳을 방문할 때면 그녀에겐 유별스레 돌출되고 싶지 않은 일종의 미묘한 위장심리가 작용하곤 했다. 그건 어쩌면 은연중에 남편, 경석의 검소한 취향을 따르고자 하는 그녀 나름의 배려일지도, 아니면 이 도시 곳곳에서 묻어나는 가난과 낙후의 피폐함 속에 재빨리 그녀 자신을 조화시키고자 하는 극히 피상적인 노력의 일환일지도 몰랐다. 아니 어쩌면 그 두 가지가 다 혼합된 보다 복잡한 것일 수도 있었다.

차가운 눈바람이 이는 컴컴한 거리를 서성거리며 그녀는 뜨문뜨문 오가는 몇 사람의 행인을 통해 이미 마을로 가는 막차가 끊겼음을 알았다. 순간 그녀의 가슴이 이름할 수 없는 불안으로 마구 뛰놀기 시작했다. 몇 차례이던가. 이곳에 올 적마다 그녀가 부딪쳐야만 하는 심한 낯가림. 그러나 전엔 늘 경석이 곁에 있어 주었다.

"희연, 요번 설은 당신 혼자만의 호젓한 귀향이 되겠지.

가족 모두에게 내 대신 안부 전해주오."

해외 연수차 서독에 머물고 있는 경석이 보낸 엽서에는 그렇게 적혀 있었다. 하지만 이건 내겐 결코 귀향이 아님. 단지 서글픈 여정일 뿐. 희연은 자신의 내부에서 이는 그러한 사념에 으스스 한차례 몸을 떨었다.

경석은 늘 이곳에 오면 더욱 더 우울한 얼굴이 되곤 했다.

"소외와 편중偏僧에 의해 버려진 땅, 삼십 년 전의 그때나 지금이나 똑같지. 한치의 발전도 없는 곳이야. 출발점의 그 터미널부터가 너무도 대조적이지 않아."

그럴 때만큼은 희연 역시 경석으로부터 팔 하나의 길이만큼이나 거리감을 느껴야만 했다. 경석이 자신의 고향에 대해 품고 있는 그 끈끈한 비애를 그녀는 도저히 공감할 수가 없었다. 노력만으로는 절대 불가능한 것이 사람의 진정이 아닐까. 그녀가 이 도시의 모든 빈곤과 결핍에 대해 가지고 있는 무의식적인 거부감은 그녀로선 참으로 처치 곤란한 감정이었다. 그것은 어머니, 강 여사에게서 느껴지는 지역적 선입감이나 배타심하곤 또 그 성질이 좀 다른 것이었다. 이를테면 그것은 각별한 애정이 없는 낯선 대상에 대한 단순한 이질감에 불과한 것인지도 몰랐다.

어두운 길 저쪽에서 표시등에 불을 밝힌 빈 택시가 달려왔다. 막연히 치솟는 불안감을 누르며 희연은 긴장된 얼굴로 차에 올랐다. 우선 목적지를 향해 달리고 볼 일이었다. 구불구불 끝 간 데 없이 이어지는 산길, 휘휘 휘감긴 적막한 어둠 속에서 흠뻑 눈을 뒤집어쓴 하얀 산야, 그리고 잇달아서 확 펼쳐지는 광활한 들판. 그것은 바로 그녀의 신행新行길이기도 했다.

"경석 씨, 아직도 멀었나요? 꼭 시베리아에 온 느낌이에요. 너무나 넓고 황량해요."

희연의 동공은 낯선 세계에의 두려움과 초조감으로 한밤의 올빼미 눈처럼 크게 떠져 있었다.

"놀랍지. 이곳은 지독한 교통의 오지야. 해안선이 그리 멀지 않은 곳인데도 말이야. 그 야단스럽던 새마을운동도 이곳만은 살짝 비껴가고 말았거든."

신혼여행을 마치고 희연이 처음으로 경석을 따라 이곳에 오던 날 밤, 택시 안에서 놀라움으로 뻣뻣해진 희연의 어깨를 감싸 안으며 경석은 그렇게 말했었다. 광막한 어둠 속에서 거대한 포물선을 그리며 하늘과 맞닿아 있는 까마득한 지평선. 경석은 바로 그 지평선 너머에 자신의 집이 있노라 얘기했다. 그때 희연이 느꼈었던 공포에 가까운 두려움. 그러나 그 두려움도 이젠 그 두께가 많이 엷어져 있었다.

"손님, 눈 땜시로 더 이상은 들어가질 못 허것슈. 차가 눈구뎅이에 처박히는 날엔 끝장이구만요. 여그서 그만 내리셔야 쓰겠으라우."

끼익, 택시가 급선회를 하는가 싶더니 기사가 그녀를 향해 그렇게 투덜거렸다. 마을에서 멀리 떨어진 삼거리의 저수지 다리께였다. 한치 앞이 보이지 않는 겹겹이 둘러싸인 어둠과 강추위 그리고 무거운 짐보따리. 그녀는 막막함 속에서 한동안 아무런 생각조차 할 수가 없었다. 마을까진 도보로

족히 사십여 분은 걸릴 만한 거리였다. 하지만 멈춰버린 택시 안에서 더 이상 무엇을 어찌해볼 것인가. 그녀는 잠자코 차에서 몸을 내렸다. 미끄덩미끄덩, 눈길을 더듬으며 그녀는 무작정 앞을 향해 걸음을 내디뎠다. 저만큼 떨어진 곳의 나지막한 집채에서 희미한 불빛이 새어나오고 있었다. 희연은 안간힘으로 그곳을 향해 다가갔다. 작고 초라한 주막이었다. 그녀는 뿌옇게 먼지 낀 유리문을 밀고 안으로 들어섰다. 좁은 목로를 사이에 두고 무어라 큰 소리로 떠들며 술잔을 기울이던 사내 두엇이 힐끔 그녀를 훔쳐보았다. 들들들, 수동식 전화기의 손잡이를 돌리는 희연의 손길이 가늘게 떨렸다.

"어머님, 저예요. 지금 막 이곳에 도착했어요. 여긴 삼거리 주막인데요, 너무 어두워서요……. 네, 죄송합니다. 그럼 이따 들어가서 뵙겠어요."

수화기를 놓고 돌아서는 희연을 향해 푼더분한 인상의 주모가 얼굴 가득 사람 좋은 웃음을 띠며 그녀에게 말을 건넸다.

"뉘 집 큰애기인고 혔드마는 안 마을 뉘 집 며느리던 게비여. 설 쇠러 왔구먼이라우."

대답 대신 희연은 그녀를 향해 희미한 미소를 지어 보였다. 그다지 아늑한 편은 아니었지만 바깥에 비해선 한결 포근하게 감싸 오는 실내의 공기가 얼어붙은 그녀의 심신을 조금씩 녹여주었다. K시에 도착할 때부터 언뜻언뜻 그녀의 뇌리를 스치던 삼년 전 그 신행의 일들이 다시금 흐릿한 영상으로 그녀의 눈앞을 가로막았다.

그날 밤도 혹독한 강추위는 매한가지였다. 예외없이 택시는 삼거리에서 더 이상 못 들어간다고 버텼고 경석과 희연은 차에서 내려 어둡고 험한 눈길을 거의 뛰다시피 걸어야만 했었다.

"오히려 잘된 일이야. 자, 우리 막 뛰어가자구. 내가 업어주지."

"아, 그만둬요."

희연은 그때 새색시인 자신의 불편과 짜증은 외면한 채 턱없이 기운이 펄펄 솟는 경석이 한없이 미웁스럽게만 여겨졌었다. 그들 앞에 놓인 것은 아득히 뻗어나간 너무도 허허로운 광야였다. 한참을 마치 곤두박질치듯 그렇게 뛰어야만 했던 새색시 꼴은 자연히 말이 아니었다. 매서운 추위는 그녀에게 얌전한 색시 걸음을 허용치 않았다. 담홍색 두루마기 밑으로 드러난 한복의 빨간 치맛자락은 엉망으로 펄럭이며 짓이겨졌고 곱게 손질된 올림머리는 풀풀 제멋대로 흘러내렸다. 경석이 자신의 외투 속에 둘렀던 모직 머플러를 꺼내 꽁꽁 언 희연의 얼굴을 감싸주었다. 얼마를 그렇게 더 달렸을까. 그들의 앞 저쪽에서 아른아른 원을 그리며 맴도는 희미한 손전등의 불빛을 따라 저벅저벅 힘찬 발짝 소리가 다가오고 있었다.

"성님이오. 어허! 형수씨께 털장화를 신겨 오시랬잖혀요. 험한 길 오시느라 징그랍게 욕보시네요잉."

새파랗게 얼어붙은 그들의 몸을 비추며 푸근하게 웃고 서 있는 사람. 그녀의 시동생 한석이었다. 이상하게도 희연은 그때부터 앞장서 길을 밝히며 걷고 있는 한석의 뒤를 따르며 더 이상 춥다는 생각이 들지 않았다.

"보시요잉, 뜨끈한 보리물 한 잔 드시지라우."

끈끈한 주모의 음성이 희연을 향해 날아오고 있었다. 아, 여긴 삼거리 주막이었지. 희연은 주모로부터 뜨거운 보리차가 담긴 스테인레스 주발을 건네받으며 그제야 자신이 왜 그곳에 있는지를 깨달았다. 우르르릉, 마을 쪽으로부터 굉렬한 오토바이의 폭음이 들려왔다. 깜빡 잦아들듯 하다간 점점 더 큰 음향으로 희연의 가슴을 향하여 돌진해오는 소리! 갑자기 그녀의 심장 부위에서 심하게 맥박이 뛰놀기 시작했다. 쿵쾅 쿵쾅, 그것은 마침내 엄청난 울림으로 완전히 오토바이의 엔진 소리를 덮어버리고 말았다.

"니 참 맘 고생 억수로 할 끼다이. 남의 집 맏이 노릇이 어디 그리 쉬운기가? 그라고 거기 사람들 독하다카는 거사 세상이 다 아는 긴데, 우야꼬, 니 마 버겁어서 우짜겠노."

어머니 강 여사는 틈만 나면 희연을 바라보며 그렇게 걱정을 하곤 했다. 희연의 거듭되는 반란과 오랜 대립 끝 비로소 강 여사로부터 경석과의 결혼이 승낙된 이후, 그래도 강 여사의 입을 통한 '거기 사람'이란 어휘가 던져주는 고약한 뉘앙스는 그 기세가 많이도 숙져 있었다. 애초 경석을 향한 강 여사의 싸늘한 시선에는 두 가지의 근본적인 이유가 그 바탕에 깔려 있었다. 첫째, 경석이 하필이면 강 여사가 가장 질색하는 거기 사람이라는 것. 그리고 또 한 가지, 매파들간 거래에서도 그 인기 순위가 가장 하위로 처지는 빈농의 장남이라는, 경석이 가진 현실적 배경 때문이었다.

"우째 니는 세상 물정도 그래 모르노. 아이고 이 철부지야. 거기 사람이라카믄 니 아부지도 마 생전에 학을 떼시든 거 니 모르나."

강 여사의 판단은 그렇듯 전혀 논리적인 근거가 없는 오직 편견에 의존되었을 뿐인 극히 원색적인 감정의 발로였다. 희연은 강 여사의 그 맹목적인 사고에 더없는 분노를 느꼈다.

강 여사의 지역감정은 평균치를 훨씬 웃도는 도저히 희석시킬 수 없을 것 같은 짙은 농도를 품고 있었다. 하지만 희연은 그것이 비단 강 여사 한 사람에게만 국한된 문제가 아님을 너무도 잘 알고 있었다. 오랜 세월 이 땅에 만연된 기류. 그 어떤 통계학적인 수치나 사회과학적인 자료에 의한 것이 아닌, 단지 세상의 오랜 통념에 의해 굳어져온 쉽게 움직일 수 없는 고질적 고정관념이었다.

희연이 경석을 처음 봤을 때 그녀는 왠지 한 그루의 쓸쓸한 미루나무를 생각했었다. 그녀가 대학을 졸업하고 교사 발령을 받기 전, 조그만 번역 사무실에서 알바 일을 할 때였다. 경석은 이따금씩 그녀의 사무실에 들러 자신의 회사 업무를 처리해가곤 했다. 늘 조용하고 어딘가 좀 그늘이 있어 보이는 남자였다. 검고 마르고 단단해 보이는 그의 몸피에서는 뭉클 향토적인 체취가 풍겨 나오곤 했다.

그러나 그는 바람이 불어도 좀처럼 그 가지를 흔들 줄 모르는, 속살거리는 미풍에도 전혀 그 잎사귀를 흔들지 않는 참으로 이상스러운 한 그루의 미루나무였다. 희연은 어느 날

소리 없이 그의 나무 밑으로 다가가 살며시 가지 하나를 흔들어보았다. 그림인 듯 정지해 있던 녹색의 이파리들이 어느 한순간 바스스 소리를 내며 흔들리기 시작했다. 아, 분명히 흔들렸어. 소리를 낸 거야. 희연의 가슴엔 싱그러운 파문이 일렁거렸다. 경이, 그리고 기쁨과 함께 그녀의 사랑이 시작된 것이었다.

"그릉그릉!"

주막 바로 앞에서 오토바이가 멈춰 서고 있었다. 드르륵, 문이 열리면서 한 덩어리의 찬바람을 안고 한석이 주막 안에 그 모습을 나타냈다. 희연이 얼른 자리에서 몸을 일으키며 애매한 웃음으로 그를 맞았다. 순간 한석을 처음 만났던 그 여름날의 일들이 빠른 속도의 필름처럼 그녀의 기억 속을 스쳐갔다.

그날은 모처럼의 연휴를 맞아 경석과 함께 근교의 야산을 찾기로 한 날이었다. 한껏 경쾌한 차림새로 경석을 만나러 나간 희연은 거기서 처음으로 한석을 보았다. 선이 굵고 거무스름한 얼굴에 부리부리한 눈이, 경석의 차분하고 유순해 보이는 인상과는 아주 딴판이었다. 작은 키에 탄탄한 체격 그리고 의지로 똘똘 뭉쳐진 듯한 다부진 인상의 청년이었다. 희연과 시선이 마주치는 순간 탁 튕겨져 나올 듯 무섭던 눈빛. 그것은 강한 반감에 다름 아니었다. 그는 그 즈음 오랜 시간을 통한 단식으로 몹시도 말라 있었다. 병역을 면제받기 위해 그는 체중 감소에 전력을 기울이고 있는 중이었다. 마침 경석과 함께 자신의 입대 문제를 의논하기 위해 그는 잠시 서울에 머물고 있었다.

한석인 우리 집의 희생양이죠. 하지만 그애의 하는 짓이 너무도 기특하고 대견해서 늘 고마울 뿐입니다. 녀석은 내 인생의 과제라는 그런 생각이 들어요."

그러한 경석의 말을 들으며 희연은 섬뜩하리만큼 강렬한 인상으로 남아 있는 한석의 영상을 되새겼다. 마을의 청년회장에다 군에서 단 한 명 뽑힌 영농후계자라는 한석. 그의 철벽 같은 의지와 강한 눈빛은 이미 그녀의 가슴에 끈끈한 잔영으로 남아 있었다.

"타쇼!"

흡사 빼앗다시피 희연의 짐을 자신의 오토바이에 옮겨 실은 한석이 추위 속에서 아드득 몸을 떠는 희연을 향해 그렇듯 퉁명스러운 한 마디의 말을 내뱉았다. 부르르릉, 희연이 올라타자마자 무서운 속도로 오토바이는 달려갔다. 희연의 몸이 기우뚱, 한쪽으로 쏠리며 자칫 굴러떨어질 듯 균형을 잃고 있었다. 그녀는 한석의 안장 밑으로 대롱처럼 동그랗게 튀어나온 작은 철제 손잡이를 꽉 움켜잡으며 한석의 등을 노려보았다. 차가운 가죽 점퍼에서 뿜어나오는 섬뜩한 냉기가 그녀의 코앞을 가로막았다. 꽤나 고약한 밤이었다. 그녀는 그만 푹 하고 한숨을 내쉬고 말았다.

오토바이는 전속력을 다해 바람처럼 윙윙 마을 고샅길을 통과하고 있었다. 사시사철 그 색채와 풍광이 바뀌는 변화무쌍한 길. 그 길의 양편으론 끝없이 넓은 들판이 널려 있었다.

오월이면 보리밭의 푸르름이 하냥 싱그러운, 칠월이면 나락 냄새에 정신이 다 몽롱해지는, 그리고 시월이면 온 누리에 부신 황금 물결이 탐스러이 일렁이는 들녘. 그러나 희연은 늘 그 길 앞에 서면 천 근 무게로 짓눌러오는 중압감에 중심을 잃고 비틀거렸다. 그것은 시커먼 공포와 험난함으로 다가왔던 신행의 그날 밤 이후 생겨난 기이한 증세일지도 몰랐다. 경석은 아무리 뜨거운 뙤약볕 아래서도, 그리고 아무리 강한 한파 속에서도 결코 차를 타고 마을 고샅길을 통과하는 법이 없었다.

"이건 우리 마을에 대한 최소한의 예의야."

경석은 자신의 그 외곬적 행동에 대해 그렇게 해명하곤 했지만 그의 자기 고향에 대한 잠재적 고착심리는 때때로 아주 고질적인 성향을 나타내기도 했다. 경석은 현대의 첨단기술에 의존한 모든 문화적인 것에 적응함에 좀처럼 가속성이 붙기가 힘든 사람이었다. 결혼 전 희연은 그러한 그의 면모를 검약이란 이름으로 꽤 높이 사기도 했지만 때론 지나치리만큼 고답적이라고 여겨질 때도 많았다.

덜커덩, 오토바이가 한바탕 요동을 침과 동시에 어둠 속에서 휘익 눈에 익은 한 그루의 버드나무가 그녀의 눈앞으로 다가들었다. 경석이 유년기에 심었다는 한아름 두께의 수양버들이었다. 사립문을 지키는 수굿한 자태가 언제 봐도 듬직한 집지기였다.

"아가, 왔냐? 추워서 어쩐다냐?"

시모와 이웃에 사는 큰시누이, 순옥의 가족들이 왁자하니 마중을 나오며 그녀를 반겨주었다. 이젠 낯익은 그러나 여전히 타인 같은 느낌으로 그 거리가 좀체 좁혀지질 않는 서먹한 얼굴들.

"갸는 뭔 공부를 고렇큼 오래 헌다냐? 싸게 돈이나 벌어지 동상들 뒷바라지헐 생각이나 히얄틴디. 그려, 몸은 건강하디야? 대체 언지나 올 것이랑가?"

시모가 치마 꼬리를 잡아당겨 눈가를 닦아내며 경석의 안부를 묻고 있었다.

"네, 아마 빠르면 내년 봄쯤엔 귀국할 수가 있대요."

그르르릉, 희연의 말이 채 끝나기도 전에 마당으로부터 또 한차례의 요란스런 오토바이 소리가 들려왔다. 마지못한 듯 희연을 털썩 마당가에 내려놓고 더 이상 소리도 없이 자신의 방으로 사라지고 말았던 한석이 또 어디론가 마실이라도 가는 모양이었다.

"또 술 마시러 간당가? 에그, 속 창시를 다 녹일려는 게비여."

시름에 찬 시모의 끌탕은 어수선하던 방 안의 분위기를 일시에 가라앉히고 말았다. 시모의 가슴 저 깊은 곳엔 둘째 아들 한석에 대한 저승에 가서도 못 잊을 뼈아픈 한이 굽이굽이 서려 있으리. 근자에 와서야 희연은 시집의 내력과 함께 그러한 시모의 마음까지도 어느 정도는 가늠해낼 수가 있었다. 경석 또한 오랜 객지 생활을 통해 거의 독학이다시피 어렵게 학업을 마쳤건만 그래도 배운 자식과 못 배운 자식에 대한 시모의 마음이란 애초에 비교조차 할 것이 못 되는 것인지도 몰랐다. 한석에 대한 시모의 애정은 유독 더 짙은 빛깔로 나타나곤 했다.

지난해 봄 오랜 지병 끝에 세상을 뜬 시부는 칠대 독자의 극히 자기 중심적인 사고에다 신체마저 더없이 병약했던 까닭에 자식들의 교육엔 일체 무관심한 사람이었다. 그런 환경에서도 기를 쓰고 대학을 졸업한 경석과는 달리 한석은 계속 기울어만 가는 가세 속에서 고교 진학을 향한 그의 꿈마저 포기한 채 자신을 그만 논두렁 속으로 내던져버리고 말았던 것이다. 그러함에도 형 경석을 생각하는 한석의 마음은 워낙 각별한 데가 있었다. 늘 우등생 자리를 놓치지 않던 형, 경석의 모든 성적표와 일기, 상장 등을 먼지 낀 상자 속에 고스란히 간직하고 있는 기특한 동생이었다.

어슴푸레한 박명을 헤치며 첫닭이 울고 있었다. 음력 설의 아침이었다. 꼬끼오, 새벽의 고요를 여지없이 뒤흔들고 마는 청승맞고도 생급스러운 주파수! 희연은 전신에 돋는 닭살 같은 소름을 느끼며 자리에서 몸을 꿈틀거렸다. 고달픈 인생살이의 기상나팔과도 같은 비장감과 처절함이 배어나는 닭 울음소리. 그건 이미 그녀에겐 생경한 음향이 아니었다. 얼깃설깃 서까래가 그대로 윤곽을 드러낸 낡은 천장벽지에 누렇게 쥐 오줌이 번져 있는 신방에서 온몸에 전율을 느끼며 들었던 바로 그 소리! 희연은 후두둑 자리를 털고 몸을 일으켰다. 들녘에서 불어오는 바람은 뼛속까지 스며드는 매서운 한파였다. 희연은 내장까지 덜덜거리는 몸을 추스르며 삐그덕, 부엌문을 밀고 안으로 들어섰다. 침침한 부엌 한구석에

서 하얀 수건을 머리에 쓰고 꼿꼿한 자세로 키질을 하던 시
모가 안으로 들어서는 그녀를 바라보며 따뜻하게 웃어 보였
다. 한치의 가식도 보이지 않는 순수한 자연인의 미소. 삶 그
자체에 대한 신앙과도 같은 엄숙함, 경건함으로 일생 행해왔
을 신성한 부엌의 의식. 그것은 자식에 대한 애틋한 사랑과
눈물겨운 성실성이 없이는 도저히 불가능한 일이리라.

"언니, 뭐더러 이렇큼 일찍 일어났디야"

새언니와의 상견을 위해 친정에 온, 희연과 동갑인 둘째
시누이 인옥이 땔감용 볏짚을 한아름 안고 씽씽 바람을 날리
며 부엌으로 들어서다 그녀를 보고 환하게 웃으며 말을 건넸
다. 이어서 헛간 쪽으로부터 전이 가득 담긴 커다란 채반을
받쳐들고 막내 시누이, 혜옥이 또 그 모습을 드러내자 부엌
은 일시에 생기로 가득 찼다.

거칠고 고된 삶의 그늘마저 그들의 강인한 생활력 속으로
모조리 용해시켜 오직 밝음 쪽으로만 가꾸어가는, 가을철 배
추 줄거리처럼 대차고 싱싱한 시누이들의 모습에서 희연은
새삼스런 경이감을 느꼈다. 대체 쇳가루를 먹고 사는 것일
까. 때때로 그녀는 시집 식구들의 무쇠 같은 강인함에 내심 너
무도 놀라곤 했다. 그럴수록 자신에 대해 느껴지는 상대적인
무력감은 더욱 더 커져 그녀는 자신의 행동이 마치 움직이는
마네킹처럼 부자연스럽게 삐그덕거림을 깨닫는 것이었다.

"아가, 지푸락을 거꾸로 때면 못 쓰는 법이여. 후제 애 낳
을 때 고상헌디야."

치솟을 듯 아궁이 밖으로 마구 넘실거리는 성난 불길 앞

에서 그녀는 그만 쩔쩔매며 정신없이 부지깽이만을 휘저을 뿐이었다. 시모의 자상한 염려에도 불구하고 그녀에겐 우선 불을 꺼뜨리지 않는 것만이 급선무였다. 매운 연기 탓일까. 급기야 그녀의 눈에선 눈물이 줄줄 흘러내렸다. 어쩌면 그녀는 정말 울고 있는지도 몰랐다. 연기를 핑계로 조금쯤 후련하게 울어버리는 일이란 모든 것에 설고 설어 괜스레 서럽기만 하던 새색시 때부터의 습관성 생리 현상 같은 증세였다.

"아구메, 이게가 뭔 냄새여? 밥 타는 냄새 아니여? 형수씨, 불 좀 에지간치 때시요잉. 설날 아침부터 누룽지 잔치를 혀야 쓰겠소."

세수를 하려는지 수건을 목에 걸고 막 부엌으로 들어서던 한석이 마구 소리를 지르며 과장된 너스레를 떨고 있었다.


"아가, 욕봤다. 이제 쪼깨 쉬도록 혀."

차례 절차가 끝난 후 아침 나절부터 줄이어 들이닥친 세배꾼들의 치다꺼리로 하루 종일 부엌에서 헤어나질 못하던 희연이 저녁 설거지를 마치고서야 겨우 방 안으로 들어서는 것을 보고 시모가 딱한 얼굴로 그렇게 말했다. 희연을 도와 이리 뛰고 저리 뛰며 열심히 부엌일을 거들어주던 시누이들도 잠시 어디 이웃엘 갔는지 집안은 매우 조용했다.

"나는야~흙에 살리라. 부모님 모시고 효도하면서 흙~에 살~리라."

걸걸한 톤으로 구성지게 뽑아올리는 한석의 음성이 토담을 넘어 울려왔다. 아침에 한 패의 세배꾼들에 묻혀 집을 나간 한석은 밤이 이슥해진 그제서야 돌아오고 있었다. 우당탕, 어느 결에 콩 튀듯 토방을 뛰어넘어 한석의 몸이 방 안으로 굴러들어왔다. 아랫목에서 전해오는 따뜻한 온기로 나른하게 풀어져가던 회연의 몸이 순식간에 다시 굳어져 갔다.

"에그, 그놈의 술 좀 엔간치 마셔라잉. 시상에 참말로 폭폭혀서 못 살겠당께."

방 한구석에 머리를 박고 비스듬히 쓰러지는 한석의 어깨를 들어올리며 시모가 애절한 탄식을 쏟아내었다.

"엄니, 지가 술도 안 마셔불면 뭔 재미로 산다요? 암시렁 안 혀요. 너무 속끓이지 마시랑께요."

지독한 술 냄새를 풍기며 한석이 자조 섞인 푸념을 토했다.

"엄니 전 절대 장개는 안 갈 것이요잉. 엄니 큰아들을 좀 보시요잉. 이 마을에서 젤로 떠르르한 수재에다가 더욺이 착헌 아들이었지라우. 헌디, 장개를 든 담부텀 그거시 다 엄니를 위혀서 뭔 소용이 있읍디여. 다 소용읎은 것이랑께요. 아, 그라고 그 뭐시냐, 아파트를 사줄 돈도 인저 우리 집이는 더 이상 읎잖아요. 또 우리 형수씨 맹키로 아파트 사달라는 며느리가 들어오면 어쩐다요. 안 그려요, 엄니?"

한석의 말은 주정이라기엔 너무도 그 논리가 정연하고 앞뒤가 분명한 것이었다. 애꿎은 사과 껍질만 작살나도록 짓이기던 회연이 반짝 고개를 들녀 한식의 얼굴을 정시했다. 진작부터 두 사람 사이에 존재해온 팽팽한 위기감 속에서도 그녀는 되도록이면 한석과의 정면충돌만은 피해보리라 마음먹었었다.

　그러나 이미 한석 쪽에서 먼저 시작을 해오고 있지 않은가. 하지만 그녀는 의외로 자신의 마음이 밑으로만 착 가라앉음을 느꼈다.

　"도련님, 말씀 좀 삼가주세요."

　"그려요. 지는 원캉 무식헌 놈인께요. 헌디, 지 말이 틀렸으라우?"

　한석이 자꾸만 한쪽으로 기울어지려는 몸을 간신히 벽에 기대며 희연을 쏘아보았다.

　"야가 참말 워째 이래쌌는다냐? 그만 혀, 지발. 아가 넌 후딱 저 방으로 건너가 자도록 혀라. 어여!"

　희연의 등을 밀어내며 시모가 안타까운 얼굴로 한석을 나무랐다.

　"엄니, 전 형헌티 참말로 섭섭한 점이 많당께요. 외국에 가서도 집에는 편지 한 장이 읎어요. 사람이 완전히 변해부렸는 게비여. 혼사 때 아파트를 사야 헌다고 아부지를 조를 때부텀 다 알아봤지라우. 꼭 뭣에 홀린드키 쌩판 딴 사람이 되얏드라니께요. 뭣에 홀렸는가 홀려도 단단히 홀렸드만요."

　"야가 참, 매칼없는 소리 좀 작작 혀라잉. 술 퍼먹고 매급시 이게 뭔 짓이다냐?"

　계속되는 한석의 공박에 하얗게 질린 희연의 귀에 끈적하게 젖은 시모의 음성이 들려왔다. 그러나 한석의 울분은 좀처럼 그칠 줄을 몰랐다.

　"형은 말이요잉, 서울서 대학을 댕기던 그 어려운 시절에도 말이요잉, 절대 집에다가 손을 내미는 벱이 없었지라우.
아, 그라던 형이 오죽허면 저럴까 싶은 맴이 들어 지가 아부
질 **빡빡** 졸라 삼동네 돈 다 끌어다가 아파트 값을 구했지라
우. 그 해 우리 집 농사는 완전히 거덜이 났응께요."

"인자 좀 지발 그만 허라잉. 취혀도 쪼깨 분수 있겠코롬
취혔어야지, 위아래도 읎이 이게 뭔 일이다냐."

시모가 드디어 한석의 등을 쾅쾅 내리치며 언성을 높였
다.

"엄니, 죄송혀요. 지가 취혀긴 쪼깨 취혔나봐요."

살충제의 분무기처럼 집중적인 위력으로 마구 희연을 향
해 뿜어내던 한석의 울화가 갑자기 뚝 멈추었다. 상체를 벽
에 의지한 채 지그시 눈을 감고 그는 잠시 생각에 잠긴 모습
이었다. 도대체 무엇이 어디에서부터 잘못된 것일까? 잠자코
침묵만을 고수하던 희연의 얼굴에 서서히 분노의 기운이 피
어나기 시작했다. 불현듯 그녀의 눈앞에 결혼을 앞둔 초가을
의 어느 날 현찰이 가득 담긴 커다란 가방을 들고 몹시도 초
췌한 얼굴로 그녀의 집을 방문했던 경석의 모습이 떠올랐다.

"여기 집값을 좀 마련해왔습니다. 저희를 위해 이 돈에 합
당한 작은 아파트라도 하나 구해주십시오."

어머니, 강 여사를 향해 그렇게 말하던 경석의 웃음기 없
던 메마른 얼굴! 그날 경석을 배웅하고 돌아오며 희연은 기
운없이 축 늘어진 그의 어깨가 마음에 걸려 집 담벼락에 이
마를 대고 얼마나 혼자서 아픔을 삼켰던가. 그녀는 그때처럼
어머니를 혐오한 적은 없었다. 갖은 우여곡절 속에서도 끝

내 자신의 의사를 굽히지 않는 희연에게 결국 백기를 들어야만 했던 강 여사는 최종적인 결혼 승낙에 앞서 또 한 가지의 강력한 요구조건을 내세웠었다. 그것은 어쩌면 끝내 그들의 결혼이 성립되지 않는 쪽을 희망했던 강 여사의 마지막 히든카드였는지도 모를 일이었다.

"아파트도 하나 없이 우째 새살림을 시작한단 말이고? 내 사 마 절대 그래는 몬 시킨다."

펄펄 뛰는 희연의 반대 의사는 제쳐두고 강 여사는 자신이 직접 경석과의 비밀 접촉을 시도했다. 그 당시 그들 두 사람 사이에 어떤 협상이 오간 것인지 희연으로선 도저히 다 알 길이 없었으나 어쨌든 결과적으로 강 여사의 제안은 별 무리 없이 통과되었던 것이다. 그리고 비록 15평짜리의 작은 서민 아파트였지만 그것은 강 여사로 하여금 더 이상 그들의 결혼에 이의를 달 수 없도록 하는 중요한 버팀목이 되어준 것이 사실이었다.

그런데 그 버팀목이란 바로 다름 아닌 피와 땀으로 얼룩진 한석의 노동의 대가로 이뤄진 것이라니! 이 잘못 뿌려진 오류의 씨앗을 어찌해야만 옳단 말인가. 모든 것은 자신에 대한 강 여사의 철저한 과보호가 빚어낸 결과였다. 희연의 얼굴이 짙은 납빛으로 굳어지고 있었다. 비록 다리 밑에서 거적을 깔고 살아간다 해도 그녀는 모든 것을 처음부터 다시 그리고 새로이 시작하고만 싶었다. 일순 그녀의 얼굴에 결연한 빛이 스쳐갔다.

"어머님, 전 아파트 문제가 이토록 집안에 큰 파문을 일으켰는지 미처 몰랐습니다. 서울에 가면 빠른 시일 안에 아파트를 내놓겠어요. 그리곤 모든 것을 다시 시작하겠습니다."

희연의 나직한 음성이 가늘게 떨리고 있었다. 순간 무섭게 부릅뜬 한석의 두 눈이 돌연 희연을 향해 불을 뿜었다.

"형수씨, 참말로 고렇큼 나오시기요잉? 아, 시방 누가 돈 갖고 따지는 것이간디요? 지가 말혀고 싶은 것은 바로 사람 사는 도리와 경우에 관한 문제요잉. 아시겠어요? 사람을 고렇큼 너무 무시허면 못 쓴당께요. 워째 사람 맴을 고렇큼 모른다요? 참말로 환장해 죽겠구만이라우. 참말로 너무 허요, 너무 혀."

한석이 갑자기 자신의 가슴을 펑펑 내리치더니 꺽꺽 울음을 토하기 시작했다. 그건 울음이라기보다 차라리 절규에 가까운 처절한 몸부림이었다.

"에그, 이 딱한 것아. 에미 애비 잘못 만나 에러서부텀 뼉따구 아프게 일만 했응께 니 속인들 오죽했겠냐? 안다, 알아. 에민 니 속 다 알어."

풀썩, 한석의 등 위로 몸을 던지며 시모마저 절절한 울음판을 장만하고 있었다. 아, 이 일을 어쩔 것인가. 희연은 질식할 듯 막혀 오는 가슴을 붙안고 소리없이 방을 빠져나왔다. 그녀는 대문을 벗어나 꽝꽝 얼어붙은 채 희뿌옇게 그 형체를 드러낸 도랑가의 짚가리 뒤에 몸을 숨겼다. 내가 왜 이곳에 혼자 있는 것일까? 웅크리고 주저앉은 그녀의 가슴이 감당키 어려운 통증으로 와르르 떨리고 있었다. 그녀는 자신의 아픔이 아직도 방에서 울고 있을 시모와 한석, 두 사람을 향한 것이라기보다는 오직 남편 경석을 생각한 것임을 깨달았다. 그녀는 어찌하여 경석이 도시의 화려한 거리에서 환하게 웃음지을 수 없는지 비로소 이해할 수 있을 것만 같았다. 어두운 밤하늘에서 저마다의 크기와 빛깔로 명멸하는 수많은 별들. 그 별만큼 많은 사람 중에 단 한 사람을 만나 결혼하고 그리고 사랑하며 살아간다는 일이 이토록 쉽지 않은 일인가. 결혼식 전날 밤 강 여사는 희연을 향해 마지막 다짐의 말을 잊지 않았었다.

"니 좋아 택한 길 아이가. 우짜든지 찍소리 말고 탈없이 살아야 한데이."

그렇게 말하며 강 여사는 희연의 손을 꼭 잡아주었었다. 지난 겨울, 온 나라가 용광로처럼 들끓어대던 거국적인 대통령 선거 때 강 여사는 우정 그녀에게 전화를 걸어왔다.

"내사 마, 니캉 우리 사위 생각해서 무조건 거기 사람 찍을란다. 그래 알고 있그레이."

강 여사의 전화 내용은 그것이 전부였다. 논리성 없고 단순하기가 마치 어린아이 같던 강 여사의 맹목적인 자식애 앞에서 희연은 그만 할 말을 잃었었다. 지역감정이란 그렇듯 아무에게도 존재하지 않는 허깨비 같은 것인지도 모른다. 누구에게나 어머니의 경우처럼 그렇게 쉽게 바뀔 수 있는 그리고 그다지 크게 문제 될 것이 없는 가변적인 것, 다만 자신들의 실리와 유익을 위해 그것을 적극 필요로 하는 몇몇 사람들에 의해 필요 이상으로 확대되고 감염되어 마침내 전염병처럼 급속도로 번져나가는 것. 그것이 바로 지역감정의 실체

일는지도 모른다. 어머니를 생각하며 희연은 끝없는 상념에 빠져들고 있었다. 곧 새벽이 올 시간이었다. 첫닭이 울기 전에 눈이라도 좀 붙여야만 할 것이다. 아침이면 그녀는 또 서울을 향해 출발해야 할 사람이었다.

다음 날 아침 희연이 떠날 채비를 하는 동안 짐보따리에 더 넣고 덜어내고 하는 시모와의 실랑이 속에서 희연이 떠날 채비를 하는 동안 한석은 또 어디론가 훌쩍 나가버리고 없었다. 끝내 이렇게 헤어져야만 하다니! 희연의 가슴이 서늘하게 내려앉았다. 겨울답지 않게 확 풀어진 날씨는 왠지 그녀의 기분을 더욱 맥풀리게 하고 있었다. 시집 식구들과 작별 인사를 끝낸 그녀가 막 마을 고샅을 벗어나려 할 때였다. 위잉, 나는 듯한 속력으로 한 대의 오토바이가 그녀를 향해 질주해오고 있었다. 점점 가까이 다가오는 모습. 한석이었다. 애써 희연과 눈길이 마주침을 피하며 그는 심히 무렴한 낯빛으로 말없이 희연의 짐을 자신의 오토바이에 옮겨 실었다.

"타시죠."

그는 희연을 향해 전에 없이 깍듯한 표준말을 사용하고 있었다.

그녀를 태운 오토바이는 살같이 빠른 속도로 기차역을 향해 방향을 틀었다. 더없이 든든하고 믿음직한 한석의 등. 신행의 그날 밤 힘찬 걸음으로 마중 나와 어두운 길을 밝혀주던 시아제가 아니던가. 헤어질 때면 늘 삼거리에서 만나지던 그의 물기 어린 눈동자와 외로운 모습, 그러나 서울만 가면 회연은 그를 잊었다. 안간힘으로 움켜쥐며 아성의 높은 벽을 쌓아온 이기의 세월. 그것을 감히 부인할 수는 없으리. 회연의 가슴속 어느 귀퉁이로부터 한 덩어리의 자책감이 거품처럼 부글부글 괴어올랐다. 저만큼에서 삐익, 기적을 울리며 서울행 열차가 달려오고 있었다. 말없이 플랫폼까지 따라나온 한석이 그녀에게 한 장의 차표를 건네주었다. 얼굴 가득 쓸쓸함이 깃든 한석을 향해 그녀가 따뜻한 웃음을 보이며 한쪽 손을 내밀었다.

"자, 악수 한번 해요. 우리에겐 살아온 세월보다 앞으로 함께 살아야 할 더 많은 시간들이 있을 거예요. 도련님에게 진 많은 빚, 언젠가는 꼭 갚게 될 날이 오리라 믿어요."

"빚은 뭔 빚이다요. 넘넘찌리도 아닌디……."

꽤나 머쓱한 얼굴로 한석이 마지못한 듯 그녀의 손을 가볍게 잡았다가 놓으며 말했다. 주춤주춤 열차가 움직이기 시작했다. 차창 밖의 한석이 무르춤한 자태로 플랫폼에 가만히 서서 열차가 떠나기를 기다리고 있었다. 아, 바로 저 얼굴, 결코 미워할 수 없는, 그러나 서울만 가면 다시 또 금방 잊고 말지도 모를 얼굴! 그러나 어인 일일까. 갑자기 그녀의 가슴이 이제껏 전혀 느껴보지 못한 아주 색다른 통증으로 미어질 듯 아파오기 시작한 것은. 그녀는 이제서야 겨우 자신이 막 골고다의 길 초입에 들어섰음을 깨달았다.

2화

제*2*화

# 들판의 처녀

희연과 경석. 그들이 둥지를 튼 신혼 아지트는 서울 북한
산 자락의 15평짜리 서민 아파트였다. 낡고 오래된 작은 아
파트였으나 다행히 시내에서 그리 멀지 않은데다 친정에서
도 가까운 편이었고, 무엇보다 희연이 새로 부임한 직장, S중
학교에서 시내 버스로 30여분이면 와닿는 곳이라 다행이었
다.

그러나 주 수업 32시간의 격무와 아침 저녁 만원 버스의
시달림은 그녀를 매우 지치게 했다. 더구나 집안 청소, 세탁,
장보기, 음식 장만 등등. 출퇴근의 짬짬이 부지런히 짬을 내
어 그 모든 일을 혼자 처리해야 함은 결코 쉬운 일이 아니었
다. 역부족. 결혼 전 자기 손으로 라면 하나 제대로 끓여 본
적 없는 희연으로선 신혼의 모든 것이 역부족일 밖엔 없었
다. 완전히 지쳐 귀가하는 퇴근 시엔 그대로 곧장 친정으로
달려가 며칠 푹 쉬었다 오고 싶은 갈망에 목이 메었다. 신혼

의 의무나 개념조차 모조리 접어 내동댕이치고 싶은 생각 뿐이었다.

설상가상, 임신 초기의 극심한 피로 증상까지 겹쳐 희연의 건강이 매우 취약점에 이르렀을 즈음, 때를 맞춘 듯 고향의 시모로부터 인편을 통한 중요한 전갈이 전해왔다. 하루빨리 막내 시누이 혜옥을 서울로 데려 가 맞벌이에 힘든 큰아들 내외의 살림을 돕도록 하라는 하명이었다.

"혜옥이 가야 땀시 참말로 내가 못살겠단께. 한 필지 긴 밭고랑 김을 다 맬 때까정 있는대로 속아질 부리며 내 속을 긁어싸서 참말로 환장해죽겄다. 당최 내 명에 못 살겠단께."

전화통을 통해 들려오는 시모의 애원은 더없이 절박하기만 했다. 시모의 청대로 막내 시누이, 혜옥과의 동거를 순순히 받아들여야만 하는 게 옳은 일일까. 희연은 내심 적이 갈등하지 않을 수 없었다. 어느 길이 모두를 위해 더 나은 길인지 마음이 심히 어지러웠다. 희연은 고심 끝에 친정어머니 강여사에게 자문을 구할 밖엔 없었다.

"옛말에 강보에 싸인 시누이도 시누이 값 톡톡히 한다는 말이 있다. 그 말 절대 틀린 말이 아니대이. 함부로 그래 쉽게 결정했다간 니이 맘 고생 억수로 할끼다. 잘 생각해서 하그라. 차라리 남이 났지, 내는 반대다."

강여사는 대뜸 그렇듯 우려의 빛을 표하며 강한 거부의 뜻을 드러내었다. 그간 경석으로인해 호남과 그쪽 사람에 대한 인식과 편견이 많이 완화되긴 했으나 아직 마음 한 구석에 남아 있는 지역감정이 완전히 사그러든 건 아니었음이 전해오는 반응이었다. 더구나 시누이와 올케 사이란 견과 원의 관계로 좀체 그 만남이 화해롭기 힘든 것임을 강변하는 강여사의 말에도 충분히 일리는 있었다. 그러나 시모의 간청과 경석의 동조, 새색시로서 거절의 어려움 등이 혼합된 얼마간의 망설임 끝에 희연은 결국 혜옥의 상경을 수락하지 않을 수 없었다.

　희연이 마악 첫 아이의 입덧을 시작하려 할 이른 봄 즈음 이윽고 막내 시누이, 혜옥이 상경했다. 매사에 한창 예민할 나이의 열아홉 살 시누이와 좁디 좁은 아파트란 공간에서 허니 문 시절을 세 명이 동거해야 함은 진정 새로운 역경의 시작이 아닐 수 없었다. 혜옥은 여중 시절 3년 내내 학급 반장을 도맡아 할 정도로 명민하고 책임감 있고 학업 성적도 우수하여, 졸업 후 그녀가 고교 진학을 원한 것은 당연한 일이었다. 그러나 어려운 환경을 내세운, 부모의 완강한 반대로 혜옥은 결국 진학의 뜻을 접곤 농사와 집안 일을 도와야만 하는 처지에 이르렀다. 그후로 혜옥은 매일 같이 가족을, 특히 시모를 달달 들볶으며 반항을 일삼기 일쑤였다. 경석이 대학시절 아르바이트를 해 번 돈과 자신의 장학금 등을 모아 혜옥의 고교 입학금을 마련해 보냈으나 그것 또한 집안 어른들의 반대로 혜옥의 장롱 깊은 곳에 꽁꽁 보관되었을 뿐이었고 혜옥은 이따끔 그 돈뭉치를 꺼내 어루만지며 회한의 눈물을 흘렸다.

　희연이 본 가장 인상적인 혜옥의 모습은 머리에 하얀 수건을 둘러쓰고 긴 밭이랑을 홀로 매며 구슬프게 노래 부르던 열아홉 살 처녀의 싱그럽고 강건한 모습이었다. 7남매의 형제 중 혜옥은 가장 외모가 뛰어난 편이었다. 거친 농사일과 집안 살림을 도맡아 함에도, 강단있는 몸피에 깨끗한 피부, 또렷한 이목구비를 가진 단정한 외모였다. 대다수 여윈 몸피에 강파른 외형을 지닌 시집 형제들 중 가히 군계일학이라 할 만 했다.

보라, 들 가운데 홀로
추수하며 노래하는
저 외로운 고원의 처녀를!
걸음을 멈춰라, 아니면 조용히 지나가라
그녀 홀로 곡식 다발을 베고 묶으며
구슬픈 노래 부르니
오, 들으라! 깊은 골짜기
넘쳐흐르는 저 노래소리를.

엉뚱하게도 희연은 들판에서 일하는 혜옥의 모습을 바라보며 문득 학창 시절 즐겨 읊던 영시의 한 구절이 떠올라 한참이나 그곳에 멈춰서 시선을 거둘 수가 없었다. 영국의 낭만주의 시인, 윌리엄 워즈워드William Wordsworth. 그의 '외로운 추수꾼The solitary reaper', 그 시적 공간 속 추수하는 처녀의 이미지와 너무도 흡사한 혜옥의 모습은 희연의 뇌리에 강한 인상으로 남아 있었고, 그러한 느낌은 시누이 혜옥을 실제보다 부쩍 더 가깝고 친밀한 대상으로 밀착시킴에 크게 일조했음이 사실이었다.

기실 혜옥은 예상보다 훨씬 더 빠른 속도로 서울의 아파트 생활에 썩 잘 적응해갔다. 집안 일을 마치 천직으로 타고 난 듯 요리며, 청소, 세탁 등의 일을 완벽히 잘 해내어 놀라울 정도였다. 집안을 청결히 관리하는 것은 물론이고, 하루 동안, 이불 홑청을 깨끗이 빨아 밀가루 풀을 쒀 먹인 후 말끔히 다듬이질까지 하여 시쳐놓는 것이, 여간 야무진 솜씨가 아니라 희연은 깜짝깜짝 놀랄 밖엔 없었다. 깔끔하기로 소문난 강 여사 조차, 희연을 통해 양해를 구한 후 낮시간 잠깐 사돈댁엘 들려 다듬이돌 앞에 앉아 또각또각 딱딱, 얌전히 방망이질하여 이불 홑청을 매끈하게 다듬어가는 혜옥의 솜씨엔 늘 감탄을 금치 못했다. 손끝 맵고 매사에 버릴 데가 없는 처녀라고 혀를 내두르며 칭찬할 정도였으니.

주말이면 혼잣몸이 아님에도 희연은 부른 배를 안고 남산, 고궁, 유원지 등등 서울 구경을 시킨답시고 한동안 혜옥을 데리고 돌아다녔다. 가끔씩은 경석도 함께 동행할 때가 있었고, 그럴때면 혜옥은 서울의 낯선 나들이가 자못 생경하고 수줍은 듯 꼭 큰오라비, 경석의 팔을 꼭 붙잡은 채 길을 걷곤 하여 이웃들의 오해를 살 때가 많았다. 경석을 가운데 둔 두 여자가 시누이, 올케 사이라고 얘기하면, 아직 앳된 모습의 새댁인 희연이 경석의 여동생이고, 탄탄하고 의젓해보이는 혜옥을 경석의 아내로 혼동하는 사람들도 더러는 있었기 때문이었다. 혜옥은 경석을 유독 따르고 좋아했다. 언제나 말없고 점잖고 속 깊은 오라비. 고향집에 내려올 때면 늘 한 아름의 선물과 용돈, 따뜻한 격려로 힘을 주는 오빠이며, 부모의 반대를 무릅쓰고 고교 입학금까지 마련해주며 격려를 아끼지 않던 절대적 후원자였다.

그러기에 우선은 동거와 함께 오라비네의 살림을 도와야만 하는 힘든 상황임에도 기꺼이 상경하기로 작정한 배후엔 그토록이나 경석을 믿고 따르는 혜옥의 속내가 그녀의 결정에 크게 작용했으리라 여겨짐은 틀림없었다.

교단에서 아이들을 가르치는 일 외엔 모든 일에 서툴기만 한 희연은 매사 일처리나 경우 바름에서 도시 버릴 데가 없는 시누이, 혜옥의 능력이 진정 경이롭기만 했다. 그에 비함 자신은 비싼 대학등록금을 들여 4년간 캠퍼스를 오가며 철없이 젊음과 세월을 낭비하고 소진했을 뿐임을 자각했다. 무진장 마시고 또 마셔 머릿속에 가득 출렁일 시커먼 커피물 외, 자신을 채우고 있는 건 과연 무엇일까, 때론 그러한 극심한 자괴심에 휩싸일 때가 많았다. 열아홉 살 혜옥보다 단지 영어 단어 몇 개를 더 안다는 것. 그것이 무어 그리 중요한가. 희연이 굳이 농촌의 빈한한 집안의 장남, 경석을 택한 중요한 이유 또한 자신의 그 알량한 지식, 허랑한 지성과 대비되는 진지하고 깊이 있는 그의 학문적 자세, 전공에 대한 타의 추종을 불허하는 막강한 실력. 그런 점에 혹해 무언 중 그에게 끌렸음은 부인할 길이 없을 것이다.

그러나 말없고 점잖고 학구적인 경석과는 달리 혜옥은 끝없는 들판, 세찬 바람이 키운 거친 야생마에 다름 아니었다.

희연 대신 야물딱지게 살림을 잘 맡아 하다가도 이따끔 한 번씩은 파업을 하듯 강력한 반란을 일으키며 집안에 일대 소요를 불러오곤 했다. 일정한 주기를 가진 바람, 들녘의 야성이 한바탕 회오리를 몰아오는 격이었다.

"하이고, 도야지 새끼처럼 애새끼덜은 뭐더러 고렇콤 줄줄이 낳았디야. 고작 오빠네집 식모 살이 시킬려고 낳은 것이여."

때론 아파트 베란다에서 탁탁 빨래를 펼쳐 널며 혼잣말을 뱉아내는 혜옥의 자조어린 푸념은 부모를 향한 짙은 원망이 배어나, 그 말을 듣는 희연은 매번 가슴이 섬찟할 정도로 충격을 받곤 했다. 그럴 때면 죄없는 양은 대야를 찌그러질 정도로 패대기치며 자신의 방문을 소리나게 닫아걸고 혜옥은 한동안 끼니도 굶은 채 홀로 칩거에 들어가곤 하여 희연을 당혹케 했다.

그래도 때가 되면 단 한 차례도 희연, 경석, 오라비 내외를 위해 정갈한 밥상을 차려내는 일. 그것만은 결코 거르는 법이 없어 더욱 눈물겨웠다.

봄방학 때 상경한 혜옥과 동거한 지 근 3개월이 다 되어가던 5월 어느 연휴, 혜옥은 잠깐 찬거릴 산다며 시장엘 가고 희연은 모처럼 대청소를 한답시고 아파트 창들을 활짝 열곤 먼지를 털어내었다. 쓸고 닦고, 집안 구석구석을 헤집고 다니며 청소에 여념이 없었다. 혜옥의 방을 치우러 들어가자 열려 놓은 창 밑 작은 책상 위의 하얀 편지지가 금방이라도 바람에 날아갈 듯 팔랑거리는 양이 눈에 띄었다. 희연은 얼른 책상 한 켠에 놓인 혜옥의 유리 꽃병을 들어 문진인양 편지지 위에 올려놓았다. 얼핏 눈에 들어오는 혜옥의 글씨체가 너무도 단정하여 자신도 모르게 희연은 편지지로 눈길이 감을 어쩔 수가 없었다. 쓰다 만 편지. 혜옥의 바로 손윗 언니인 인옥에게 보내는 편지였다.

보고 싶은 인옥 언니,

언니, 탈없이 잘 지내고 있는지요.
지금쯤 우리 마을엔
드넓은 지평선 저 끝까지 이어진 푸른 보리밭이 마구 일렁이고 있겠지요.
그렇게도 미워하던 가족 모두가 징허니 그립습니다.
저는 오빠랑 새언니랑 잘 지내고 있으니 염려마세요.
다만 배움이 짧고 무지한 저로서는 때론 오빠네의 많은 것이 이해하기 힘들고 서럽고 외톨이로 느껴져 마음 상하곤 함을 언니에게만 이렇게 토로합니다.

또렷한 글자로 한자 한자 눈에 와 박히는 혜옥의 글은 마치 무엇에 홀린 듯 내처 읽지 않을 수 없게 만드는 힘이 있었다. 서울에 올라 온 후 특유의 영민함으로 단 몇 개의 일상적 어휘만 빼곤, 사투리를 거의 쓰지 않는 혜옥의 편지글은 매우 간결하고도 유려했다. 순간 남의 글을 훔쳐봐선 안된다는 평소의 상식과 예의 따윈 미처 끼어들 틈도 없이 무언가 설명할 수 없는 마력 같은 것이 휘감겨오는 느낌이었다. 아니 어쩜 혜옥 또한 은연 중 자신의 마음이 희연에게 전달되길 바라는 한가닥 저의, 그런 것도 완전 배제하긴 힘들지 않을까, 하는 묘한 심리도 작용했을 것이다. 편지를 읽어가는 희연의 손 끝에 파르르 떨림이 일며 가슴이 심하게 요동쳤다.

언니, 우린 타고난 복도 왜 이리 지지리도 없을까요. 어젠 새언니를 따라 태어나서 첨으로 신촌의 E여대를 구경갔어요. 새언니가 졸업한 대학 말이에요. 학교 앞 양장점에서 옷도 한 벌 맞춰주고 캠퍼스 구경도 시켜준다며 싹싹하고 기분 파인 새언니가 나를 데려 간 거였지요. 우리가 들어간 으리 삐까번쩍한 양장점은 학교 앞에 즐비하게 늘어선 수많은 양장점들 중 한 곳으로 새언니가 대학시절부터 옷을 맞춰 입던 단골 양장점인 듯 주인이 언닐 보며 화들짝 반기는 모습이 보통 사이가 아닌 것 같았어요. 우리 시누인데 옷 한벌 맞춰주려고요. 그렇게 말하는 새언니 표정이 웬지 좀 쫄아보였던 건 순전히 나만의 자격지심이었을까요. 그만큼 내 몰골이 완전 촌닭 같이 느껴졌음은 과민이었을까요. 순간 난 너무도 초라하고 비참한 생각이 들어 어떻게 옷을 맞췄는지 전혀 기억조차 나질 않을 만큼 허둥거리며 간신히 그곳을 뛰쳐나오고 말았어요.

E여대 캠퍼스는 너무도 넓고 아름다웠고 그곳을 거니는 여대생들은 마치 천상의 여자들인 듯 더없이 발랄하고 지성

미 있고 예뻐서 눈이 부실 지경이었어요. 마악 눈물이 쏟아지려는 걸 겨우 겨우 참아내며 미어지는 가슴을 누른 채 새언니의 안내를 따라 학교를 한바퀴 도는 시간이 왜 그리 서럽도록 길게만 느껴졌는지 새언닌 미처 알 길이 없었을 거에요. 순간 악마와도 같은 생각이 번개처럼 머릴 스쳐갔어요. 이 세상에서 대학이란 대학은 다 불타 없어져버렸음 좋겠단 생각이 폭탄처럼 가슴에서 터져나옴을 참을 수가 없었어요.

언니, 생각해보면 우린 부모를 만나도 참 잘 못 만났단 생각에 그저 마냥 서러울 뿐입니다. 가난한 집에 시집 가 아이 셋 낳고 지지리도 어렵게 사는 언니 생각에 한없이 가슴이 아픕니다. 우리 형제들은 모두 너무도 가엾고 불쌍하단 생각에 때론 한밤 중 홀로 깨어나 한참을 울다간 잠이 들 때도 있어요.

큰오빠는 그래도 대한민국 최고의 명문대를 나와 선생질 하는 반듯한 집 각시를 만났으니 젤 복이 있는 편이지요. 하지만 물건 귀한 줄 모르고 돈을 헤프게 쓰고 손에 물 한 방울 안 묻히고 사는 팔자란 한편으론 참 부럽기도 하면서 울오빠를 생각하면 한숨이 나오고 허벌납니다. 울오빠가 어떻게 살아왔고 어떻게 번 돈인데 새언닌 사실 너무 철이 없단께요. 임신 중이라 아무리 몸이 무겁다 해도 목욕 가서 자기 몸도 자기 손으로 씻질 못해 때밀이에게 맡길 정도로 양광스러운 데가 있다니께요.

오빠네 치다꺼리만 하다 앞이 안 보이고 캄캄할 때면 그만 콱 죽어버리고 싶어 아파트 베란다에 멍하니 서서 창문 열고 밖을 내다보다간 서울에서 어렵게 어렵게 공부한 오빠 생각에 혀를 깨물며 죽고 싶은 마음을 참곤 합니다. 어떨 땐 식칼을 앞에 놓고 자결할까 말까 한참을 망설이다간 처녀 귀신이 있는 집이라 소문 나면 원한이 서려 오빠네 아파트값 떨어질까 그 짓도 차마 결행하질 못합니다.

언니, 언니에게 이런 마음조차 털어놓질 못한다면 난 아마 미쳐버릴 지도 몰라요. 이 나이에 살림하는 거 외에 뭐시 취미가 있어야 살 거 아녀요. 오빠네 부부는 많이 배우고 잘나서 나랑은 도무지 차원이 달라요. 테레비를 봐도 난 전혀 알아먹지 못하는 외국 채널만 보고 음악을 들어도 클래식인가 뭔가 하는 음반만 잔뜩 사와 정작 내가 들을 건 하나도 없다니께요. 아, 딱 하나 있긴 해요. 오빠가 새언니 생일에 사온 하뭐시껭인가 하는 가수의 '아내에게 바치는 노래' 오직 그거 하나 뿐여요.

오빠 결혼하고 나더니 옛날의 그 다정하던 오빠가 아니라 꼭 남 같기만 해요. 아침마다 임산부인 새언니를 위해 긴 부츠를 신겨주고 가방을 들어주는 오빠 모습은 참말로 가관이란께요. 속이 뒤틀려 차마 눈 뜨곤 못 볼 정도여요. 울오빠가 왜 그리 하찮게 변했는지 속이 터진단께요.


장문의 편지를 읽어가는 희연의 얼굴이 핼쑥하니 빛을 잃어갔다. 저만치 5층 아파트 아래층으로부터 계단을 올라오는 혜옥 특유의 씩씩한 발짝 소리가 들려왔다. 커다란 얼음덩이를 맞은 듯한 얼얼한 충격에 금방이라도 쓰러질 것만 같은 어지럼증 속에서 희연은 재빨리 창을 닫곤 혜옥의 방을 나와 급히 집안 청소를 마무리했다. 언니, 몸도 무거운데 뭔 청소를 다 허고 그런대여. 한아름 장을 봐 현관을 들어서던 혜옥이 놀란 얼굴로 희연의 걸레질을 만류하며 염려를 표했다. 그러나 희연의 마음엔 이미 한겨울 같이 싸한 냉기가 차오를 뿐 도저히 혜옥의 얼굴을 마주볼 수가 없었다. 희연으로선 한참이나 어린 시누이에게 깐엔 잘 한다고 한 행위의 결과가 그렇듯 강렬한 반감으로만 귀결되었을 뿐이라니. 강 여사의 말대로 강보에 싸인 시누이도 시누이값을 톡톡히 한 셈이었다.

순간 희연은 혜옥에게 만정이 떨어지는 느낌이었다. 겨우 열아홉 살 시누이가 아직 어리고 철이 없다는 생각을 한 건 그러고도 한참 후의 일이었다. 하긴 26세의 희연 또한 성숙된 여인이 되려면 아직은 세월을 좀 더 겪어야 할 젊디 젊은 새댁일 뿐임을. 그러기에 두 여자의 갈등 양상은 자칫 악화일로로 치닫기 십상. 그러나 희연은 가까스로 경석을 생각하며 참고 또 참는 게 상책이란 판단을 내렸다.

상경 후 서울 구경을 시킨답시고 여기저기 데리고 다닌 게 외려 화근이라니 참으로 어이 없고 괘씸하기만 했다. 시모는 혜옥을 서울로 보내며 말했다. 아가, 너사 애들을 갈치는 선상님이고 많이 배운 사람인께 저 철딱서니 읎는 거 델꼬 가 쪼깐 사람 좀 맹글어주면 안 쓰겄냐잉. 자알 부탁헌다아. 시모는 희연의 손을 꼬옥 부여잡곤 몇 번이나 그렇게 당부했던 것이다. 애들을 갈치는 선상님. 배운 사람. 치솟는 분노와 함께 시모의 말이 줄곧 마음에 걸려 희연은 자리에 누워 꼼짝도 할 수가 없었다. 바지런하고 솜씨 좋은 혜옥이 장을 봐 와 연휴라며 희연이 좋아하는 닭찜, 잡채 등 맛깔스런 음식을 잔뜩 마련해 상을 봐 왔으나 더 이상은 혜옥을 마주하고 허심히 밥을 먹을 수가 없었다. 체중을 핑계로 방에 혼자 드러 누워 혜옥과의 사이에 점점 얽혀만 가는 감정의 매듭들을 어찌 풀어가야만 할 지 희연은 깊은 고심에 빠졌다.

역지사지. 희연은 우선 자신이 처해있는 상황을 혜옥의 처지와 대비시켜 생각해보았다. 한창 꿈 많은 열아홉 처녀가 오라비댁에서 살림을 전담하고 있다는 설정 자체가 언어도단. 친구도 없고 흥미로운 소일거리도 없고 삶의 터전도 아닌 낯선 도시 좁은 아파트에서 오직 일상적 가사 노동에만 전념해야 하는 나날이라니! 누군들 극심한 자괴심, 초월적 인내 없인 도저히 가능한 일이 아니었다.

배운 자와 못 배운 자. 가진 자와 못가진 자. 누리는 자와 희생하는 자. 세상을 그렇듯 이분법으로 나눈다면 희연은 비교적 늘 전자 쪽의 혜택을 누리며 살아 온 수혜자에 속하지 않을까. 거기에서 한 단계 더 도약하거나 멈추거나 나아가거나 나아가지 못함을 구분하는 건 순전히 본인의 자질과 능력에서 기인되는 것임이 분명하고, 어쨌든 희연의 경우, 타고난 복, 예컨대 부모를 잘 만난 탓으로 많은 것을 향유하며 살아왔음은 부인할 수 없는 사실. 하기에 그건 따지고 보면 자신의 의지나 노력의 결과물이 아니라 그저 주어진 환경의 덕이므로 능력이라 할 수는 없는 것.

반면 재능과 소질, 건강, 그 외 많은 타고난 강점을 소유했음에도 환경이 받쳐주지 못해 아예 그 싹이 잘려버린 혜옥 같은 경우는 너무도 불운한 케이스다.　미치거나 헤까닥 돌아버리거나 꼬이거나 잘못되거나, 아님 굳건히 살아 남아 버티거나 혹은 온전히 도약하는 것. 그런 경우 택할 수 있는 길은 그렇듯 한정적이다.

　　강여사의 깊은 우려에도 불구하고 경석을 결혼 상대로 선택한 이상, 그의 가족을 배제한 오직 그만을 아끼고 사랑하여 행복할 수 없음은 자명한 사실. 이미 그걸 전제로 한 피치 못할 만남인 것을. 혜옥을 도와야만 한다, 힘껏! 온전히 도약할 수 있도록! 배운 자와 못 배운 자, 가진 자와 못 가진 자. 그 두 개체간의 상생, 화합만이 상호 균형과 평정으로 살아남는 길이다. 그러기 위해선 적어도 관용을 베풀어야만 한다, 수혜자의 관용을!

　　그간 오직 자신의 고통만을 인식하고 살아왔기에 희연은 짐짓 그 점을 망각한 채 살아왔음을 깨달았다. 조만간 혜옥에게 새로운 일, 보다 즐겁고 보람 있는 임무를 맡겨야만 한다는 생각이 들었다. 매일 매일 죽고 싶어 혼자 슬퍼하고 절망했을 혜옥의 심경이 그제야 비로소 헤아려졌다. 희연은 자신의 내면 깊은 곳. 그곳에 숨겨진 이성과 자각의 칼날이 두터운 이기의 얼음을 뚫고 심장에 예리한 균열을 일으켜 산산히 갈라져 나감을 감지했다. 희연은 혜옥의 장래를 위해 어떤 배려와 장치를 마련해야 할지에 관해 진지한 고민에 빠져들었다.

전국의 광산 지역으로 출장이 잦은 경석이 예의 집을 비운 어느 초가을 저녁, 만삭의 배를 안고 학교에서 퇴근한 희연이 숨차게 아파트 단지의 높다란 언덕을 올라 집으로 들어섰다. 무거운 몸으로 보충수업까지 하루 여섯 시간의 수업을 끝낸 터라 다리는 퉁퉁 붓고 목은 쉬어 손가락도 까딱할 수 없을 만큼 진이 빠진 상태였다. 어딘가 돈 내고 모텔에라도 들어가 몇 시간이고 늘어지게 푹 자고 싶은 게 당시 희연의 최대 소망이었을 만큼 그녀는 매우 지쳐있었다. 신혼의 허니문, 달콤함 따윈 애시당초 느껴 보질 못한 듯 신산하고 참혹한 기분이었다. 매사가 귀찮고 힘들어 결혼 생활 자체가 한없이 우울하기만 했다. 퇴근길, 매일 저녁 아파트 현관문을 열어 주는, 때론 환히 웃는, 때론 시무룩, 때론 냉랭, 시시각각 변하는 혜옥의 낯빛과 기분을 살펴야만 하는 일도 끔찍한 고역이었다.

설상가상, 그날따라 잔뜩 부은 얼굴의 혜옥이 희연의 방 앞에 쾅, 소리나게 밥상을 놓은 후 차가운 등을 보이며 자신의 거처로 들어갔다. 순간 희연은 더 이상은 참을 수가 없는 기분에 밥상은 그대로 밀쳐둔 채 곧바로 혜옥의 방으로 다가가 와락 그녀의 방문을 열어 젖혔다.

"아가씨, 나랑 얘기 좀 해요. 나 도저히 이 밥상 못 받겠어요. 이리 나와 봐요. 저녁 하기 싫음 밥 하지 말아요. 뭘 사먹던가, 시켜먹던가 하면 되지, 이게 무슨 짓이에요. 밥상을 내팽개치다니… 내가 밥 얻어 먹으러 온 거지에요?"

희연의 쉰 음성이 마구 톤을 높이며 고음으로 치달았고

놀란 혜옥의 낯빛이 창백하게 굳어내렸다.

"언니, 그런 게 아녀요. 절대 그게 아녀요…." 혜옥이 목멘 음성으로 말을 잇다간 그에 울음을 터뜨렸다. 그러나 희연의 분노는 쉽게 가라앉질 않았다. 인옥에게 보내는 편지를 읽어 본 이후 많이 반성하며 되도록이면 좋은 귀결로 맺어지길 여러 각도로 강구하고 고심하던 중이라 더욱 화가 폭발하고 만 것인지도 몰랐다. 터진 봇물. 이제 보다 더 진솔히 서로의 마음을 열고 허심히 자신의 생각을 밝히는 게 필요한 시점이었다. 희연은 끓어오르는 화를 다스리며 혜옥과의 대화를 시도했다.

"아가씨, 그간 많이 외롭고 힘들었던 거 알아요. 다 이해해요. 하지만 시시각각 기분 변하고 감정의 기복 심한 아가씨 대하기 나도 정말 지치고 힘들어요. 이대론 살 수가 없어요. 앞으로 하고 싶은 일 얘기해봐요. 더 이상 집안 일은 아가씨에게 맡기지 않겠어요. 일이 이렇게 되기까지 나도 일말 책임이 있고 문제를 간과한 점 반성이 있어야겠죠." 희연이 차분한 어조로 말을 이어갔다.

그런 말을 꺼내게 된 희연의 심경 또한 더없이 괴롭긴 했으나 뭔가 결단이 있지 않음 도저히 더는 끌어갈 수 없다는 위기감이 팽배했다. 이대로 가다간 배 안의 아이를 위한 태교는커녕 자신의 성정마저 점차 더 황폐해져 가기 십상이란 생각이 들었다. 혜옥은 엉엉 울며 자신의 심정을 토로했다.

"힘들게 직장생활하는 언니, 오빠에게 불만 있어서 그런 건 아녀요. 걍 제 신세가 비관스럽고 제 환경이 넘 원망스럽고… 문득문득 살기가 싫어져서 그런 거여요. 때론 그만 꽉 죽고만 싶단께요."

"그럼 아가씨 앞으로 뭘하며 살고 싶은 지 말해봐요. 오빠랑 내가 힘 닿는 한 도와줄게요. 솔직히 얘기해봐요."

혜옥의 우는 모습이 애처롭고 마음 아려 희연은 자신도 모르게 모든 걸 접고 보다 포근한 어조로 바뀌어가는 자신을 깨달았다. 혜옥은 피를 토하 듯 오열하며 겨우겨우 말을 이어갔다. 자식을 돼지새끼처럼 줄줄이 낳아 교육도 제대로 안 시키는 부모가 미워 이렇다 할 계획도 없이 도망치듯 서울 오빠네로 탈출을 감행하였으나 서울 또한 그녀에게 결코 피안의 세계는 아니었다. 많이 배운 언니, 오빠와 조화를 이루기 어려워 거리감과 소외감이 드는 건 그렇다 쳐도 서울이란 곳은 너무도 화려한, 그녀가 이루지 못한 꿈이 가득 펼쳐진 동경의 도시일 뿐이었다. 그러기에 고향에 살 때보다 외려 상대적 박탈감은 훨씬 더 커져만 갔다. 그토록 자상했던 오빠도 서울에 와서 보니 남같이 멀게만 느껴졌고 새언니는 아무리 상냥한 모습을 보여도 늘 깍듯하고 예의 바른 서울 여자일 뿐 좀체 자신의 속을 보여주지 않았다. 차라리 못배우고 가난해도 뭉클한 정이 느껴지는 고향의 언니들만 더 생각나게 할 뿐이라 모두가 잠든 밤이면 홀로 깨어 숨죽이며 울곤 함이 예사였다.

"언닐 따라 E대 구경한 날이 젤로 허벌나고 죽고 싶었어요. 인간은 똑같이 태어나 한 세상 사는데 왜 어떤 이는 저렇콤 화사한 여대생이고 난 이 모양 이 꼴로 한심허게 사는가 폭폭해서 환장하겠대요."

혜옥의 고백은 너무도 솔직하고 꾸밈이 없어 당혹스러울 정도였다. 그러나 또한 충분한 호소력과 설득력이 있어 희연의 마음을 휘저어왔다. 문제의 해결은 앞으로의 결정에 달려 있었다. 교사로서 희연은 불우한 환경에 처한 제자들에게 대저 무어라 가르쳤던가. 자신에게 주어진 장애와 난관을 최대한 극복하고 타개해 나가는 것이 배움의 목적이라 강변하질 않았던가. 그것은 단지 교사로서 말하기 좋은 교육적 훈계에 불과했던 것일까. 정작 교사인 본인 자신은 단 한번도 그러한 어려운 환경에 처해본 적이 없었다면 그건 명백한 위선일 것이다. 희연은 태어나 처음으로 맞닥뜨린 그러한 난제 앞에서 짙은 회의와 곤혹감을 느꼈다.

그러니까 무작정 단행된 혜옥의 상경은, 시모의 뜻은 애초에 잘못된 것이다. 시누이, 올케 사이의 정서적, 심리적 측면을 고려하여 좀 더 면밀히 검토하고 계획하여 진행됐어야만 했다. 우선은 혜옥의 고통, 짐을 덜어주기 위해 가사 노동과, 이제 곧 가을이면 태어 날 아기의 돌보미, 즉 살림과 육아의 굴레에서부터 벗어나게 하는 일이 급선무란 생각이 들었다.

"아가씨, 이제부터 학교를 다시 들어가던지, 아님 취업하여 야학으로 공부를 지속하던지 뭐든 본인이 진정 하고 싶은 일을 찾아내야만 해요. 친정에 부탁하여 우선 가사도우미부터 구할게요. 앞으론 집안 일에서 벗어나 맘 편히 하고 싶은 일을 하도록 계획해보세요."

희연의 단호한 결정에 눈물을 훔치는 혜옥은 다소 어안이 벙벙하고 착잡해만 보이는 모습이었다.

5월 연휴, 그날의 사건은 일단 그것으로 일단락 되었고 경석과 의논, 희연은 친정 어머니 강여사를 통해 급히 가사도우미를 구하는 청을 넣었다. 며칠 후 강여사가 혜옥 또래의 한 처녀를 데리고 희연의 집을 방문했다. 매우 덜렁거리고 좀 산만해보이는 성격이었으나 잘 웃고 서글서글한 면이 적어도 악의는 없어보이는 유형이었다. 처녀의 이름은 애자였다. 혜옥에게 가사의 모든 걸 잘 가르쳐 인수인계를 하도록 부탁했다. 혜옥에겐 가을 학기까지, 자신의 진로에 대해 깊이 생각하고 숙고할 수 있도록 각종 취업 정보며 몇몇 검정고시 학원의 입학원서, 시험 요강, 문제집 등을 사다주며 만반의 준비를 하도록 했다.


그리곤 며칠이 지났을까. 혜옥과 애자 두 처녀는 좁은 아파트에서 사이좋게 깔깔거리며 집안 일을 함께 하고 어깨를 나란히 시장도 가고, 청소며 빨래도 유쾌하게 함께 하는 양이 보기 좋았다. 매사 어른스럽고 조신한 혜옥에 비해 왁자한 성격의 애자는 빨래를 넌 후 때론 양은 대야 위에 올라가 신나게 춤을 춰 혜옥이 혀를 찰 때도 있긴 했으나 비교적 두 처녀는 조화롭게 잘 어울려 희연은 안도했다. 그러나 이따끔 혜옥의 방을 들여다보면 라디오의 음악 소리만 들려올 뿐, 도무지 학원 교재라도 뒤적이며 공부하는 기색이라곤 전혀 없어 의아했다.

중간 고사 기간이라 희연이 학교에서 조기 퇴근을 하고 일찍 집에 온 날이었다. 마침 애자는 시장엘 가고 혜옥 혼자 남아 빨래를 개고 있었다. 언니, 드릴 말씀이 있어요. 혜옥이 희연을 따라 안방으로 들어오며 말했다. 그렇잖아도 진로 문제로 진지하게 한 번 얘길 나누려던 참이라 희연은 환하게 반기며 혜옥과 마주앉았다.

"언니, 승질 못된 저를 이해하고 여러모로 배려해주신 점 정말 고마워요. 근디 그동안 곰곰히 생각혀보니 아무래도 다시 공부하는 건 영 자신이 없고 힘들 거 같어요. 취직도 생각해봤는디 지꼴에 뭣 하나 재주도 없고 시골에서 겨우 중학교를 나온 처지에 워디 취직을 하겠어요. 모든 게 다 무리란 걸 알았어요. 다만 편물이나 피아노, 요리를 배우러 학원이나 댕기고 싶어요. 앞으론 언니 속 상하게 땡깡 안부리고 살림이나 착실히 하고 곧 태어날 조카나 잘 키울까 싶어요. 그간 매칼읎이 언니 속 썩여 죄송혀요. 애자는 속없고 착한 애긴 헌디 넘 낭비가 심혀요. 언니, 오빠 힘들게 번 돈 갸아헌티 다 들어가게 생겼단께요. 낼이락두 당장 내보내야 쓰겄어요."

오랜 숙고 끝에 내렸을 혜옥의 결심을 들으며 희연은 다시 또 가슴이 철렁 내려앉았다. 애자가 들어 온 보름 남짓한 시간은 희연에겐 더없이 평화롭고 안온한 나날이었다. 퇴근길 천근 무게로 귀가해도 속없이 호호 웃으며 반기는 애자의 환한 얼굴은 모든 피로를 일시에 가셔주었고, 시누이 혜옥이 해주는 맛깔스런 반찬 대신 거친 솜씨의 찌개 하나만으로도 너무도 맘이 편하고 혼연하여 고된 저녁이 행복했던 것이다. 이제 혜옥 자신을 위해서도 서로 맘 편히 각자의 길을 가길 얼마나 고대했던가. 적당한 격을 두고 서로의 삶에 이로움을 주는 존재. 늦게라도 그런 시누이, 올케가 되기를 갈망하였다. 한데 다시 곁으로 돌아오려 하다니….

가슴을 꽉 눌러오는 중압감에 희연은 숨이 가빠왔다. 아가씨, 아가씨. 다시 한번 생각해봐요. 우리 삶에 기회란 그리 자주 오는 게 아니에요. 오늘 이 시간이 아가씨 생에 평생 후회하는 순간이 되어선 안됩니다. 절규하듯 뇌이는 희연의 낯빛이 하얗게 질려 갔다.

언니, 언제라도 절실한 때가 오면 제 스스로 배움의 길을 찾을게요. 우선은 오빠네집 수많은 책부터 읽기 시작해 읽고 싶은 책 실컷 읽고, 공부보다 먼저 피아노를 배우고 싶어요. 학창 시절 합창대회 때 늘 지휘를 맡았었거든요. 음악 선생님이 제 꿈이었어요. 더불어 취미인 편물, 요리도 배우며 뭔가 좀 재미나게 살고 싶어요. 저는 밖으로 나도는 사회활동보단 조용한 개인생활에서 더 행복을 느끼는 유형인가봐요. 부디 이해해주시길요. 혜옥의 고백은 더는 이론의 여지가 없으리 만큼 진지하여 희연은 더 이상 할 말이 없었다.


강여사의 주선으로 다음 날 애자는 못내 섭섭한 얼굴로 작은 보통이를 들고 어디론가 다른 집을 향해 떠나갔다. 그리고 다시 혜옥과의 동거가 시작되었다. 점차 더 불러만 오는 배를 쓰다듬으며 희연은 근원을 알 길 없는 아득한 불안과 절망감에 한숨지었다. 스스로의 마음을 잠재우듯 혜옥은 베란다에서 빨래를 널며 홀로 조용히 콧노래를 흥얼거렸다.

아무도 말해줄 이 없는가
무엇을 그녀가 노래하는지
어쩌면 그 구슬픈 노랜
먼 옛날의 불행했던 일,
오래 전 전쟁을 읊은 것이리;
아니면 어떤 보다 비근한 노래,
요즈음 흔히 있는 일들일까
과거에도 있었고 또 다시 있을지도 모를
어떤 피치못할 슬픔, 상실 혹은 고통일까.

고원에서 외로이 홀로 추수하던 한 처녀의 슬픔과 고독이 담긴 애절한 노랫소리가 희연의 가슴을 절절히 파고 들었다. 어디선가 익히 들은 듯한 익숙한 가락, 그러나 또한 생전 들어보지 못한 듯 한없이 애조 띤 음률. 그녀의 노래는 이제 무엇을 의미하는 것일까.

들판의 외로운 처녀. 혜옥과 함께 할 앞으로 나날들, 이윽고 펼쳐질 온갖 미묘한 갈등과 대립, 화해의 나날이 막이 오르듯 서서히 다가옴을 느끼며 희연은 공포에 가까운 전율에 몸을 떨었다.

3화

제3화

# 시아제

　일대 격전을 치른 듯 희연과 시누이 혜옥 사이에 누적되어 온 갈등의 폭발이 겨우 봉합된 후 한동안은 그런대로 잠잠한 나날이 흘러갔다. 혜옥은 아파트 단지 내 피아노 학원을 다니며 바이엘을 배우기 시작했고, 인근 상가의 편물집에 드나들며 곧 태어날 조카를 위해 작은 케이프를 뜬다며 한 뭉치의 노란 털실을 사 와 골똘히 뜨개질에 몰두했다. 집안일 외 뭔가에 빠져있는 혜옥의 모습은 보기에도 더없이 안정되고 평화로워 보여 희연은 안도했다. 뒤늦은 각성으로 희연이 혜옥을 위해 사들인 우리 가곡과 가요 음반을 들으며 혜옥은 유연한 솜씨로 뜨개질에 열중했다. 언젠간 꼭 뜨개질을 배워 사랑하는 이를 위해 그의 스웨터나 머플러를 떠주고 싶다는 갈망을 품어 온 희연이기에 혜옥의 그러한 모습은 경이로울 뿐이었다.
　누구나 타고 난 재능은 따로 있음을 절감케 하는 존재라

할까. 건강하고 다부진 모습, 타고난 많은 재능, 딱 부러진 성격 등등. 야성미 가득한 들판의 처녀 혜옥은 앞으로 어떤 일을 하며 산다 해도 나름의 견고하고 반듯한 성정으로인해 매우 탄탄하고 흔들림없는 삶을 살아갈 것임을 희연은 예감했다. 누구든 각기 다 지니고 천품이란 게 있다면 사람은 배움이나 환경과는 무관히 어쩜 출생 순간부터 일정한 고유의 격을 품고 태어나는 지도 모를 일이다. 혜옥에겐 설명할 수 없는 그 어떤 격 같은 것이 배어져 나옴을 느끼며 희연은 가끔 그런 생각에 잠기곤 했다. 어떠한 형태의 삶을 살아가든 결코 비루한 삶의 나락으로 떨어지진 않으리라는 확신 같은 것. 혜옥에게선 웬지 그러한 무엇이 느껴졌다.

희연의 출산이 한 달 앞으로 다가온, 추석이 가까워오는 초가을 무렵이었다. 제법 강하게 전해오는 태동과 함께 점차 몸이 무거워져 저녁을 먹은 후 TV를 보던 희연은 깜빡 선잠에 빠져들었다. 혜옥은 가까운 상가 편물학원에서 교육을 받는 시간이라 집에 없었다. 곧 다가올 추석은 산달이라 경석을 따라 시가가 있는 K시로 내려가야함이 아무래도 무리일 거란 생각. 또한 불현 듯 맏며느리라는 심리적 부담이 너무도 무거운 중압감으로 다가와 그즈음 희연의 심신은 매우 처져만 가는 상황이었다.

고요한 저녁, 철퍽철퍽, 힘겹게 계단을 밟아오는 둔탁한 음향에 이어 쾅쾅 현관문을 두드리는 소리가 들려왔다. 뭔가 불안한 예감에 잠에서 깨어난 희연은 간신히 몸을 일으켜 무거운 발길로 현관을 향해 다가갔다. 까닭없이 가슴이 벌떡거렸다. 여느 방문객인들 초인종을 누르는 게 예사인데 이 무슨 변고인가. 누구세요. 잔뜩 긴장한 희연의 음성에 경계의 빛이 우러났다. 형수님, 저여요. 아버님 모시고 올라왔어여. 헉헉 숨이 턱에 찬 듯한 한석의 음성이었다. 아니 이게 웬일인가. 어두운 저녁 전화 한 통도 없이 갑작스레 상경하다니……. 갈피를 잡을 수 없는 당혹감에 희연은 기절할 듯 놀란 얼굴로 현관문을 급히 열어젖혔다. 갈잎처럼 바싹 마른 체구의 시부가 한석의 등에 업힌 채 축 처진 모습으로 현관 안에 몸을 들였다. 한석은 밭에서 일하다 그대로 상경한 듯 흙 묻은 바짓가랑이를 둥둥 걷어 올린 차림새였다. 아부지께서 요즘 통 밥도 못 드시고 곧 돌아가시게 생겨, 들에서 일하다 말고 곧장 들쳐 업곤 서울로 올라왔단게요. 헉헉 숨을 몰아쉬던 한석이 밭은 기침을 토해내며 말했다. 희연은 너무도 황망한 가운데 우선 혜옥의 방으로 시부를 모셔 이부자리를 펴 누을 것을 권하며 간신히 소릴 내어 입을 열었다.

아버님 식사는 하셨는지요. 나사 시방 암 것두 안 넘어간다. 니 시아제나 쪼깐 입 다실 것 좀 차려줘야 혀. 기차 안에서 암 것두 안 먹었응께. 입도 딸싹 안혔어. 병중에도 시부는 잔뜩 가래 끓어오르는 음성으로 한석의 끼니를 염려했다. 그러나 한석은 웬지 잔뜩 굳은 얼굴로 고개를 내저으며 시부의 말을 가로막았다. 됐단게요. 한 끼 안 먹어도 암시렁 안혀요. 아, 근디 형님은 안직도 안 오셨나여. 혜옥인 워딜 갔당가요.

한석의 불퉁한 말투가 웬지 마음에 걸려 희연은 점점 더 당혹감에 어찌할 바를 몰랐다. 형은 지금 출장 중이고요, 아가씬 편물 학원 갔는데 곧 올거에요. 삼촌 뭐라도 좀 드셔야죠, 제가 잠깐 상 좀 봐올게요. 얼른 부엌으로 몸을 빠져나오며 희연은 깊은 한숨을 몰아쉬었다.

아무리 아들집이라곤 해도 한밤중에 전화도 없이 병든 노인을 들쳐업고 집으로 들이닥친다는 건 좀 너무 심하다는 생각이 들어 팔다리가 후들거렸기 때문이었다. 전기밥솥을 열어보았다. 밥이 전혀 남아있질 않았다. 깔끔한 성격 탓에 혜옥은 늘 끼니 때마다 식구에 딱 알맞은 양의 밥을 짓곤 할 뿐, 찬밥이 남는 걸 극히 꺼려했다. 휴웃, 숨을 내쉬며 쌀을 안치기 위해 쌀독을 열곤 바가지를 찾는데 찰칵 현관문을 열고 들어오는 혜옥의 기척이 들려왔다. 아, 순간 비로소 살았다는 생각이 들며 희연은 오르르 몸을 떨었다.

아가씨, 아버님 오셨어요. 혜옥의 모습을 보자 마치 구원자라도 만난 듯 거의 사색이 다 된 희연의 얼굴에 비로소 안도의 빛이 돌았다. 안방에 들어가 아버지, 그리고 오빠와 인사를 나눈 혜옥은 예의 능숙한 솜씨로 쌀을 씻어 안치고 작은 냄비에 명태와 두부를 넣어 시원하고도 얼큰한 찌개를 끓여 얌전히 상을 차려내었다. 마치 도깨비 방망이로 뚝딱, 요술을 부려 만들어내듯 혜옥이 행하는 그 모든 과정이 희연은 오직 신기하기만 했다. 이런 건 암 것도 아녀요. 시골에 살면 어떨 적엔 먼 데서 오는 친척들이 오밤중에도 들이닥치곤 혀서 가마솥에 불 때고 밥혀서 내가는 일이 한 두번이 아니란 께요. 혜옥의 말이 기막혀 희연은 단지 상상만으로도 낯빛이 하얗게 질려갔다. 익숙치 못한 관습, 도무지 쉽게 적응이 안 되는 환경이었다.

아부지께 물방댕이나 사다 푹 고아드려야 쓰겄다. 우선 기운부텀 채려야 하겄응께. 희연이 출근도 하기 전 하향한다며 새벽 첫 차로 아파트 현관을 나서던 한석이 혜옥을 향해 그렇게 당부했다. 어젯밤 시부와 시아제의 황당한 방문으로 잠을 설친 희연이 까슬한 음성으로 혜옥을 바라보며 되물었다. 물방댕이라뇨, 아가씨. 그게 뭐예요. 소무릎뼈를 말혀요. 물에 푹 고는 물골이 그것 있잖여요. 물 한솥 붓고 푹 끓여먹는거요. 혜옥의 설명에 그제야 희연은 대충 감을 잡곤 지갑에서 돈을 꺼내 혜옥에게 건네며, 마트에서 우족 앞다리를 사 와 푹 고아 놓길 당부했다. 희연의 청에 말없이 고개를 끄덕여보이는 혜옥의 낯빛이 짙은 곤혹감으로 흔들렸다. 부친의 존재에 대해선 본능적인 한 가닥 가녀린 연민만이 있을 뿐, 거의 불만과 원의로 가득차 있는 대상일 뿐임을 늘 토로해 온 터라 희연은 그녀의 착잡한 속내가 그대로 전해오는 느낌이었다. 희연 또한 시부의 급작스런 상경으로 출근 길 발걸음이 너무도 무겁기만 했다.

최소한 전화를 통해 미리 상경 여부를 의논하던가, 아님 희연 쪽 의향을 미리 타진해보는 게 순서 아닐까. 하긴 당신 아들집에 가 머물고 싶다는 아비의 뜻을 왜 굳이 아들, 며느리에게 의논해야만 하는 것인지, 시부의 입장에선 그 점이 외려 납득되지 않을 것임이 분명했다. 그만큼 가부장적이고 권위적인 가풍이 대를 이어 그대로 답습되어 온 것임을. 외려 시부의 상경에 힘들어 하는 희연의 사고방식 자체가 너무도 도시적이고 얄팍한 성정으로 치부되기 십상일 것이다. 가까운 가족간에도 개개인의 사적 공간, 사생활은 전무하고 그 무엇에도 우선되는 유교적 예의범절만이 삶의 패턴, 그것의 전부로 통용되는 관습에 대해 감히 누어라 항변할 것인지. 희연은 절벽을 마주한 듯 극심한 절망감에 가슴이 섬뜩 내려 앉았다.

시부는 둘째 치고 오밤중 늙고 병든 아비를 등에 업고 무작정 상경한 한석의 당당함 또한 희연에겐 더 큰 충격임이 사실이었다. 결혼 전부터 비롯된 뭔가 설명못할 거리감과 경계심 같은 것. 그것이 가족이란 이름의 구성원으로 한 울타리를 형성한 후에도 쉽게 허물어지지 않고 지속되는 까닭은 무엇일까. 그건 아마도 상호 간 어쩔 수 없이 느껴지는 극히 상반된 정서, 그리고 강한 이질감 때문임이 분명했다. 한밤 시부를 등에 업고 아파트 현관을 들어서던 한석의 경계 어린 눈빛이 그 모든 걸 말해주는 느낌이었다. 마치 며느리로서 희연의 부덕과 인간성, 그리고 인내심의 한계를 한 눈에 저울질하려는 듯한 대항적 자세. 그러한 그의 대나무처럼 뻣뻣한 위악적 태도가 희연에겐 기실 더 큰 내적 갈등을 불러일으킴은 그도 물론 알고 있을 것이다. 모종의 목적을 위한 목적. 언제까지나 그와의 사이에 그러한 대립적 구도, 괴리가 이어져갈까. 병환 중인 시부와 한석과, 혜옥. 그들을 향한 희연의 감정은 시간이 흐를수록 점차 더 엄청난 중압감으로 그녀의 가슴을 짓눌러 왔다.

한석은 예컨대 동네 처녀들에겐 꽤나 인기가 많은 총각이었다. 농한기면 동네 마을회관에 휴대용 축음기를 마련, 읍내 춤선생을 불러 와 소위 소셜댄스를 배워 발군의 실력을 뽐내는가 하면, 노래 실력 또한 대단하여 그 소문이 인근에 자자했고 그로인해 많은 처녀들이 그를 따랐다. 작은 키에 다부진 체격. 결코 눈에 띄는 외모는 아니었으나 다감하고 언변 좋고 과감한 성품이 뭇처녀들의 마음을 사로잡았다. 고된 농사 일을 끝낸 밤이면 으레 동네 처녀들은 삼삼오오 짝을 지어 한석을 부르러 몰려와 삽짝을 서성이기 예사였다.

그러나 어인 일로 그는 자신과 함께 어울렸던 처녀들과는 그리 오랜 관계를 유지하지 못하고 상대를 바꾸기 일쑤였고, 그러기에 그러한 교제가 혼인으로 이어지긴 좀체 쉽질 않았다. 적어도 함께 놀던 근동의 잘 아는 처자들을 아내로 맞아들이긴 싫었음이 분명했다. 그러나 입지立志의 의미랄까, 그는 일단 30살이 되기 전에는 자신의 뜻을 세워 집안을 돌보고 일으켜야만 한다며 29세가 되던 해 겨울. 그는 부쩍 맞선을 보고 소개팅을 하며 결혼을 서두르는 기색이 역력했다.

올해 넘기기 전 우선 약혼식이라도 간단히 치러야 쓰겄는디 형님이랑 형수씨 쪼깐 내려오셔야 혈 것 같소. 성탄을 며칠 앞 둔 어수선한 연말, 느닷없이 날아온 한석의 정혼 소식에 경석과 희연은 도시 어안이 벙벙할 뿐이었다. 마침내 그에게 맞춤한 연분이 나타난 것인가, 내심 한편은 안도의 마음이 들기도 하여 부리나케 K시로 내려갔다. 기차를 내려 소읍의 한산한 역사를 들어서는 순간, 눈망울 초롱하고 복스럽게 생긴 처자 하나가 한석의 곁에 나란히 서 생글거리며 그들의 귀향을 맞아주었다. 첫 대면의 서먹함이라곤 전혀 없는 다정한 대면이었다. 이상하리만큼 낯섦이 느껴지질 않는 친밀감의 근원은 무엇일까.

바로 그날의 만남이 희연과 계순의 첫 상면이었다. 손아랫 동서를 맞는 희연의 마음은 모든 게 낯선 시가에서 비로소 강력한 우군 한 명을 획득하는 듯한 묘한 기분이었다. 날씨는 몹시 추웠으나 K시의 중심가에서 한석과 계순과 함께 밥을 먹고 차를 마시고 담소를 나눔으로써 예컨대 일종의 상견례 절차를 치른 셈이었다.

예비 신부, 계순은 동그스름한 얼굴에 귀염성스럽고 친화감 깃든 밝은 미소가 특징인 부산 아가씨였다. K시에서 태어나 유년기에 부모님의 생업을 따라 남녘 항구 도시 부산에서 성장한 처녀. 저는 어디에서 살든 교회만 다닐 수 있다믄 젤로 행복헐 것 같어요. 영남과 호남의 방언이 적절히 뒤섞인 꾸밈없고 순박한 억양이 듣는 이의 마음을 편안하게 하는 부드러운 음성이었다. 여느 때의 경계심 어린 눈빛은 간곳없이 그간의 경위를 설명하는 한석의 상기된 모습은 혼기를 앞 둔 풋풋한 총각의 면모가 그대로 드러나 희연은 미소 지었다.

맞선 보는 자리에서 걍 솔직허니 제가 다 말해부렀어요. 이 자리에서 서로 맘에 들믄 당장에 사진관 직행하여 약혼 사진 한 장 팍 박아불곤 혼인 날짜 잡자고 혔단께요.

호탕하게 내뱉는 한석의 말에 동의를 표하듯 계순이 입가에 엷은 웃음을 매단 채 고개를 까딱였다. 제아무리 상대가 맘에 든다 해도 맞선을 보는 당일 약혼을 해버리고 혼인 날짜까지 잡다니 희연으로선 도무지 이해가 안되는 상황이라 어안이 벙벙할 뿐이었다. 직감. 말하자면 두 사람은 평생의 반려자를 선택함에 있어 무엇보다 순간에 다가오는, 맞은 편 존재로부터 감지되는 모든 것, 그러니까 바로 그 직감에만 의존, 전적으로 그것만을 믿고 그것에 따라 움직이려는 위험한 모험을 감행하려 하는 것이다. 피나는 노력으로 체중까지 줄여 군 입대를 면제 받고, 장남인 경석을 대신하여 농사일이며 집안의 온갖 대소사를 도맡아야만 하는 처지이기에 결혼을 서두르는 그의 심경은 백분 이해하나, 평생을 함께 살아갈 반려자라면 적어도 단 한 계절만이라도 서로를 알아가는 과정이 필요하지 않을까 싶은 게 희연의 생각이었다.

그러나 그해 음력설이 다가올 즈음, 마침내 한석은 계순과 결혼식을 올렸다. 사진관에서 약혼 사진을 찍은 지 근 한 달만의 일이었다. 속성 코스도 그런 초속성의 전례란 찾아보기 힘들만큼 일사천리로 진행된 혼인이었다. 한석은 그만큼 매사에 과단성 있고 자신감이 넘쳤으며 또한 세상의 무엇보다 자신의 촉과 감을 굳게 믿는 그런 유형임을 재확인한 계기랄까. 지나치게 사려 깊고 신중한 성격인 경석과는 확연히 좀 다른 성향의 시아제였다.

저 푸른 초원 위에 그림같은 집을 짓고……. 계순이 도시에서의 삶을 접고 굳이 농촌으로 내려와 꿈 꾼 삶은 대저 무엇일까. 허름한 농가, 그 삽짝 앞으로 한없이 펼쳐진 황량한 겨울 들판을 저 푸른 초원, 그림같은 집으로 환치시킨 그녀의 환상은 어디에서 비롯된 것일까. 시부모 모시고 농사 지으며 살아가야 하는 고된 시집살이조차 마다하지 않은 까닭은 무엇일까. 계순은 고백했다. 어린시절을 보낸 그리운 고향 땅에서 맘에 드는 성실한 남자 만나 시부모 모시고 함께 농사지으며 매주 주일 교회만 나갈 수 있다면 그보다 더 복된 삶은 없다는 것이 자신의 소박한 꿈이었노라고. 낯선 항구 도시의 변두리, 빈한한 대가족 사이에서 이리저리 부대끼며 살아온 성장기의 불안정한 나날이 계순의 가슴에 은연중 도시의 삶에 대한 혐오와 피폐함을 안겨주었고, 마음에 드는 남자와 더불어 신앙생활만 지켜갈 수 있다면 귀촌의 삶이 외려 더 바람직하지 않을까 하는 막연한 기대를 품었었다.

그러나 그녀의 앞에 펼쳐진 현실은 결코 녹록칠 않았다. 다름아닌 바로 고부간의 갈등이 문제였다. 병석에 누워 거동조차 불편한 시부의 바라지는 차치하고라도 매사 바지런하고 일 욕심 많고 일손 빠르기로 소문 난 시모는 도무지 한시 반시도 새며느리 계순이 가만히 앉아 쉬는 꼴을 보아 넘기지 못하는 성미였다. 정 많고 경우 바르고 사리분별 확실한 성품이 미덕이나, 7대 독자인 지아비의 이기와 병약으로 오랜 세월 맘고생을 해온 탓에 극심한 외로움, 그리고 얼마간의 애정결핍이 혼재된 일 중독증이 거의 강박으로 작용하는 듯한 심리 상태를 보임이 시모의 특징이었다.

더구나 둘째 아들 한석은 시모에게 있어 집안의 기둥이며, 정신적 지주, 또한 허약한 지아비의 분신과도 같은 막강한 존재이기에 새며느리 계순의 처신은 애초부터 참으로 위험천만의 뇌관을 안고 있는 상황일 밖엔 없었다. 시모의 집은 ㄱ자 형의 구조로 좁은 툇마루가 딸린 본채와, 마당을 내려서면 우측에 별도로 방을 낸 사랑채가 부엌을 사이에 두고 대각선을 이루고 있는 형태였는데 급조된 방의 결함이 그대로 드러나 보온이며 난방이며 그 모든 것이 전혀 기능을 못하는 허술한 거처였다. 희연 또한 겨울에 결혼했기에 신행온 첫날 밤을 그 방에서 보낸 기억이 생생했다. 생경한 닭 울음 소리와 함께 잠을 깬 혹한의 아침, 입김을 불면 천장에서 그대로 팍, 얼어붙고 말 듯한 그 혹독한 추위를 못내 잊지 못했다.

바로 그 방에 신혼 살림을 부린 계순은, 겨울 새벽 새색시다운 장밋빛 벨벳 홈드레스에 정갈히 앞치마를 두르곤 강추위에 몸을 옹송그리며 거의 한데와도 같은 부엌으로 들어서곤 했으나, 이미 거기엔 꼭두새벽 한 발 앞서 미리 나와 식솔들의 따끈한 아침을 준비하고 있는 시모의 엄혹한 모습이 기다리고 있어 계순은 매번 극심한 당혹감을 느꼈다.

시모는 새며느리 계순이 조금만 더 바지런하길 바랐다. 조금만 더 일찍 일어나고 조금만 더 몸을 바지런히 놀리고 조금만 더 농사일을 잘 하길 간절히 바랐으나 계순은 워낙 그렇게 좀 느긋하고 급할 게 없는 천성을 타고난 여자라 그 점이 바로 고부간 갈등을 야기시키는 근원이 되곤 했다.

시모보다 먼저 일어나 커다란 가마솥에 물을 팔팔 끓여 식솔들 씻을 물을 마련한 후 다시 그 솥에 밥을 앉혀 아궁이에 불을 때어 밥을 하고, 따뜻한 국과 맛깔스런 몇 가지의 찬을 만들어내는 일. 제아무리 추운 날씨에도, 제 아무리 무더운 날씨에도 아랑곳없이 행해온 부엌의 엄숙한 의식과도 같은 일련의 행위들. 그걸 이어받을 사람은 시모에 이은 계순임은 부동의 사실. 그러나 외풍 센 추운 방에서 남편 수발에 시달린 새색시의 고단함은 날이 밝는 게 두렵기만 했고, 단잠을 깨어남이 죽기보다 싫었음을, 시모는 계순의 그 점을 도저히 이해하지 못했다. 아니 어쩜 이해하지 못했다기 보단 시모는 애시당초 아예 이해할 마음이 없었다는 게 정답일 것이다.

한석의 존재란 시모에게 아들이면서도 동시에 나약한 지아비를 대신하는 강력한 조력자이며 집안의 가장, 하늘 같은 존재였기에 그 누구라도 그를 완전 독점함은 있을 수 없는 일이었다. 손끝 맵고 무엇에든 남보다 뒤처지는 걸 못참는 시모는 사사건건 계순의 느긋한 행동거지를 나무라며 앞장 서 일을 채근하곤 하여 계순과의 갈등이 악화되어 갔고, 급기야는 한석과의 사이에서도 점차 그 대립의 골이 깊어만 갔다. 특히 시모가 계순에게 가장 불만인 점은 고양이의 손도 빌린다는 바쁜 농번기에도 주일엔 만사를 제쳐놓고 일손을 팽개친 채 교회로 달려가는 그녀의 유별난 신앙심, 바로 그것이었다.

도시에서 성장한 계순이 애초 농촌으로 시집온 건 그나마 교회를 다닐 수 있다는 유일한 희망 때문이었거늘 그러한 점은 간과한 채 그저 일 욕심만 앞세운 시모의 마음가짐에도 문제는 있었고, 그러한 불화를 적정선에서 타협하지 못한 계순의 지나친 종교적 아집도 딱하기는 매한가지였다.

보리 수확이 한창인 망종 즈음, 시모는 뙤약볕 아래 온몸에 까끄라기가 묻은 몸으로 한석이 땀 흘려 베어낸 보리를 단으로 묶어내며 한숨 지었다. 일손이 너무 바빠 발등에 오줌 눌 시간도 없다는 망종이었다. 한데 그놈의 교회란 곳이 대관절 뭔 곳이기에 며느리란 게 시어미도 몰라라 그리로 내빼고 말다니 생각할수록 부아가 치밀어 몸이 떨렸다. 금방이라도 꼬꾸라질 듯 통증이 이는 허리를 펴 머리에 쓴 수건을 벗어 이마에 흐르는 땀을 닦았다. 순간 들녘 저만치에서 예배를 마치고 한들한들 여유로운 걸음으로 고샅을 향해 다가오는 계순의 모습이 보이자 시모는 돌연 화가 치밀어 땀에 절은 수건으로 온몸에 들러붙은 까끄라기를 탁탁 털어내며 자신도 모르게 악을 썼다. 시상에 동네 길 막고 함 물어보란께. 대저 이런 경우가 워딨다냐. 시에미랑 신랑은 시방 까끄라기 땜시 눈도 못 뜨며 일허는디, 메누리란 사램은 대저 워딜 갔다오는 것이냐. 하느님인가 뭐시껭인가 그거시 시에미나 신랑보다 중한겨, 뭣이 중한겨. 마악 밭두렁을 향해 다가오던 계순이 얼어붙은 듯 멈춰서 시모의 하는 양을 멍하니 바라보았다. 아, 오죽허믄 보리농사 잘 되라고 풋보리를 다 그슬려 먹었겠냐. 보리란 것은 망종을 넘겨블면 스물 넘은 처자 꼴이란께. 맴이 급해 시방 뛰다가 죽을 일인디 하느님이 다 뭬시냐고오. 안그냐. 너두 대저 생각이란 게 있음 말혀보란께! 낯이 벌겋게 달아오른 시모는 깃발을 흔들 듯 수건을 휘두르며 계순을 향해 소리쳤다.

아, 엄니이, 그만혀요. 지발 좀 그만, 그만 하란께요.

보릿단을 경운기에 싣던 한석이 들판을 향해 보릿단을 냅다 던져 흩어버리며 시모와 계순을 향해 소릴 질렀다. 나가 참말로 폭폭혀서 못산단께. 한시반시도 속 편할 날이 읎응께로. 힘든 농사일 혀도 사람이 뭔 낙이 있어야 살 것 아녀요잉. 허구허날 고부간에 쌈박질이나 해쌌고 잠시도 서로 꼴을 못 보고 으르렁대니 대관절 워찌 살겠소. 에잇, 둘이 박 터지게 함 싸워보소. 이꼴저꼴 안 보고 당장 워디로 가버릴텐께 다신 날 찾지마소.

한석이 불같이 화를 내며 보릿단을 허공에 마구 흩뿌렸다. 마치 뿔난 황소처럼 거친 숨을 몰아쉬며 온몸을 떨던 한석은 그 길로 곧장 마당 펌프장으로 달려가 푸푸, 몸을 씻고는 어디론가 휑하니 사라졌다.

그날 집을 나간 한석으로부터 근 열흘이 넘도록 아무런 소식이 없었다. 알만한 데, 가까운 인척들에게 모두 연락을 취해 알아보았으나 그의 행방을 아는 사람은 없었다. 시모는 아들의 소식을 기다리며 속이 까맣게 타 몸져누웠고, 계순은 연일 눈물바람으로 한석의 친구들을 찾아다니며 그의 행방을 수소문하였으나 허사였다. 행여 며칠 내 동생이 돌아오리라 믿고 있던 경석도 점차 사색이 되어 경찰에 신고하고 직접 찾아나서려 마악 귀향을 준비하던 밤, 마침내 한석으로부터 한 통의 전화가 걸려왔다. 형수님, 저여요…….전화선을 통해 들려오는 한석의 음성은 놀랍도록 차분하고 침착하여 희연은 어이가 없었다. 그간 온가족을 노심초사, 온통 애를 말린 장본인이 정작 본인은 너무도 멀쩡히 자신의 생존을 알려오고 있음이 기막혀 그녀는 말을 잃었다.

삼촌, 어머님이 거의 돌아가시게 생겼어요. 동서 상황도 말이 아니고요. 진작 우리에게라도 소재를 알리고 연락을 줬어야죠. 처음으로 시아제를 향해 손윗 사람다운 따끔한 말로 질책하는 희연의 음성은 단호했다. 그러나 내심 한편은 말할 수 없는 반가움이 솟구침을 막을 수가 없었다. 그가 사라진 집안, 그가 없는 시댁이란 상상하기도 힘들만큼 온갖 난제가 가득하여 희연은 늘 보리 까끄라기같이 깔끄럽게만 여겨지던 시아제의 존재가 얼마나 큰 비중으로 자신의 삶에 중차대한 역할을 했는지 비로소 절실히 깨달았다.

한석은 고향에서 가까운 부안의 내소사에 머물고 있었다. 홧김에 집을 나가 울적한 마음에 발길 닿은 곳이 그곳이었다. 힘들고 외로운 삶의 고비마다 왠지 문득문득 불가에 귀의하고 싶은 열망이 솟구침을 간신히 다독이며 살아온 세월이었다. 소위 금수저, 은수저로 태어나지 못한 불우한 환경으로인해 학업에의 꿈도, 그 어떤 작은 성취도, 아무것도 이뤄내질 못한 뼈아픈 좌절, 상실감은 그의 내면을 좀 먹는 악성 종양과도 같이 점점 커져만 갔다. 때문에 그는 늘 어디론가의 가출을 꿈꾸었고 곧잘 방황과 일탈을 일삼곤 했으나, 그것만으로 그의 깊은 상흔은 결코 사라지질 않았다.

신혼 초 어느 해 6월, 주말을 이용하여 경석과 희연이 K시에 내려간 때였다. 때는 마침 모내기 철이라 노모와 한석은 눈코 뜰 새 없이 바빴고 희연 또한 뭔가 일손을 돕지 않을 수 없는 상황이었다. 경석은 직접 논으로 뛰어들어 제법 능숙한 솜씨로 모를 심었고, 노모와 함께 새참을 나른 후 논가에 앉아 그들의 일하는 양을 가만히 지켜보던 희연 또한 일순 바지를 둥둥 걷어붙이곤 그들의 대열에 합류했다. 학교에서 농번기 일손 돕기로 학생들을 인솔하고 지도한 체험이 있어 미약이나마 일을 거들 수 있으리라 판단했던 때문이었다. 그러나 그건 완전 오판이었다. 한석과 노모의 유연한 동작에 따라, 모판에서 빼낸 모를 물이 찰랑이는 논에 줄을 맞춰 가지런히, 적절한 힘과 속도, 깊이로 탁탁 꽂아 넣는 일은 보기보다 훨씬 힘든 작업이었다. 미처 몇 모를 심기도 전에 허리가 끊어질 듯 아파왔고 눈앞이 핑핑 돌아 희연은 도저히 일을 계속할 수가 없었다.

아고나, 형수님, 논 가운디서 곧 쓰러지게 생겼구만요. 인자 고만덜 허고 나가서 쪼깐 쉬었다 헙시다잉. 다행히도 한석이 희연의 핼쑥한 낯빛을 보며 작업에 제동을 걸어왔고 모두 땀을 닦으며 논가에 나가 앉아 새참을 먹었다.

형수님, 밥 안 먹어도 좋으니 인자 일 그만허고 도망가고 잪지요잉. 농사일도 몸에 배어야 허는 것이제 아무나 허는 것이간디요. 자고로 들에서 일헐 땐 이랑 끝을 봐선 안된다는 말이 있지라우. 아까 봉께 형수씬 겨우 모 한 포기 심고 허리 펴 찌그 이랑 끝 바라보고 또 허리 굽히고…… 농사일은 고렇코롬 허믄 폭폭혀서 당최 못허는 것이란께요.

한석이 막걸리 잔을 들이키며 희연을 향해 말했다. 그러게요. 생각보다 많이 힘드네요. 희연이 순순히 응수했다. 하긴 프랑스 속담에도, 풀을 베는 농부는 들판의 끝을 보지 않는다는 말이 있음을! 그래도 세상 모든 직업 중 젤 떳떳하고 정직하고 깨끗한 일이 농사란 생각이 드네요. 온전히 자신의 노동으로, 씨 뿌리고 가꾸고, 수확하고…… 처음부터 끝까지, 말하자면 어떤 부정이나 비리 같은 게 끼어들 여지가 없잖아요. 희연의 좀 맹하고도 진지한 말에 한석이 실소했다. 근디 이 농사일이란 게 몸뚱이만 성하면 누구나 허는 것인디 거기에 뭔 보람이나 가치 같은 것이 있겠어여. 때론 뼈 빠지게 일 허다가도 허망허기 짝이 읎단께요.

애써 가꿔 수확하는 기쁨, 그리고 그걸 여러 사람이 유용한 양식으로 일용하고, 생산성과 가치를 인정 받고, 돈도 되고……. 그렇게 따진담 세상에 가치 있는 일이란 뭐가 있을까요. 희연이 반문하자 한석이 말했다. 아, 형수님 맹키로 애덜을 갈치는 일은 을매나 보람이 있겠소. 잘 갈쳐놓으믄 나중에 훌륭하게 되갖고선 선상님 고맙다고 찾아도 오겠고, 여하튼 사람을 갈치는 일처럼 보람 있는 일은 없을것이요잉. 한석의 말에 이번엔 희연이 실소했다. 교육이란 게 그리 간단칠 않아요. 이론처럼 쉽지도 않고요. 그럼 삼촌은 농사일 안했음 어떤 일을 하고 싶었죠? 스치듯 던지는 희연의 물음에 전에 없이 진지한 얼굴이 되어 한석이 답했다. 난 억울한 경우. 맴이 아픈 사람은 그냥 두고 볼 수가 읎게 생겨먹은 사람인께 아마 판사나 시인이 됐을까 몰겠네요. 초등핵교 때 교내 글짓기 대회에서 동시로 대상 받은 것이 첨이자 마지막 상이었응께요. 한석의 음성은 젖어만 갔다.

새참 먹는 논가엔 어디선가 마침 땀을 식히는 시원한 바람이 불어왔고 노동 후의 짧은 휴식은 참으로 감미로웠다. 미풍에 찰랑이는 논물처럼 가슴 가득 훈훈한 가족애가 차오르는 순간이었다.

애초 내소사에 닿은 한석은 그저 한동안 요사채에 머물며 마음을 달래고 내적 평안이나 얻어 갈 요량이었다. 그러나 하루 이틀 머물다 보니 점차 생각이 달라졌다. 세상번뇌 모든 걸 잊고 오직 출가를 갈망하는 마음이 구름처럼 전신을 뒤덮어왔다. 수차에 걸친 주지승과의 면담, 그리고 며칠간의 고심 끝에 마침내 그는 결단을 내리기에 이르렀다. 그나마 행자 입문을 앞 둔 삭발식을 행하기 전 최소한 형과 형수에겐 알려야만 한다는 생각을 한 것이 다행이랄까.

한석의 거처를 알게 된 희연은 경석과 함께 잠시도 지체함 없이 내소사를 향해 달려갔다. 고향집에 몸져 누운 노모와 계순에겐 우선 전화로 한석의 무사함과 신변의 안전을 전하며 부디 안심토록 당부했다.

기차를 타고 K시에서 내려 시외버스를 갈아타고 내소사 입구까지. 그리고 매표소인 일주문에서 시작되어 천왕문까지 이어지는 긴 전나무 숲길을 걸어갔다. 마음이 급박한 중에도 높다랗게 뻗어나간 키 큰 전나무에서 뿜어나오는 짙은 향기에 희연은 문득 마음이 평안해짐을 느꼈다. 한석을 만나면 무슨 말을 어떻게 해야할까. 그러나 정작 사찰이 가까워올수록 적이 착잡해지는 기분에 희연의 발걸음은 자신도 모르게 점차 느려져만 갔다.

사찰 마당을 들어서자, 저만치 대웅전에서 마악 예불을 마치고 나오는 한석의 모습이 보였다. 더없이 초췌한 낯빛에 검정 고무신, 잿빛 절옷 차림이 생경하여 가슴이 철렁, 내려앉았다. 불과 열흘 남짓한 사이에 완전히 딴 사람이 된 듯한 느낌이었다. 경석과 희연의 출현을 알아 본 한석이 빠른 걸음으로 그들을 향해 다가왔다. 전화로만 야그 혀도 충분헌디 뭐더러 오셨대여. 야윈 얼굴에 메마른 미소를 띠며 한석이 형, 경석을 향해 반갑게 손을 내밀었다. 경석이 비감한 낯빛으로 한석의 어깨를 두드리며 눈물을 글썽였다.

맘고생 많았지. 다 내 탓. 형이 못난 탓이다. 그간 내색은 안했으나 내심 동생의 실종에 대해 고통이 극심하였음이 느껴지는 음성이었다. 뭔 말씀이다요. 제가 외려 형님께 심려 끼쳐 죄송헐 뿐여요. 저도 여그 와서 기도하며 많은 걸 깨달았단께요. 승질머리 못돼갖구선 식구덜에게 참말로 못헐 짓 헌거 다 알고 있지라우. 헌디 이것도 다 운명이 아닐까 하는 결론을 얻어 형님께 연락드린 거구만요

맑은 물이 졸졸 흘러내리는 석간수 옆 나무그늘로 앞장서 걸어가며 한석이 진지한 눈빛으로 말을 이었다. 뭐시냐, 저 고렇큼 경솔한 인간은 아니어요. 출가에 대해 맘 굳힌 것, 그것은 아주 오래전부터 맘에 두고 곰곰 생각해온 일인 것인

디…….

한 바가지의 석간수를 퍼 희연에게 건네며 한석이 말했다. 지가 겉보기 허곤 달리 원캉 좀 비관적이고 염세적인 데가 있는 인간인가봐여. 농사일 하며 잘 살다가도 워찌다 한 번씩 걍 콱 죽고잡은 생각이 들어 환장했응께요. 엄니랑 집사람, 찌그락찌그락 쌈 해쌌는 꼴도 이제 더 이상은 못봐주겠고여, 지 속이 늘 시끄럽고 한시도 편헐 날이 없응께요. 근디 여그 와서 조용히 경 읽고 기도하며 살다보니 세상 천지 여그 같이 맘 편허고 좋은 디가 또 워딨것냐, 허는 생각이 들고 참말로 속세에 절대 나가기가 싫어졌단께요. 절간 행자 생활이 아무리 힘들다 혀도 워디 농사 짓는 일 같이 힘들것으라우. 글안혀요?

한석의 말은 더없이 진지하고 진솔함이 느껴져 희연은 문득 목이 메었다. 빈한한 환경 탓에 겨우 중학교만 졸업한 후 그대로 논두렁에 내던져지고 만 자신의 처지가 때론 그 얼마나 슬프고 불운하게 느껴졌을까. 경석이 더없이 침울한 음성으로 혼잣말을 하듯 한석을 향해 말했다.

꼭 그래야만 했니. 꼭 그 길 밖엔 없었니. 무능한 형으로서의 아픔이 절절히 배어나는 슬픈 어조였다. 한석이 가업인 농사를 떠맡기 위해 군 면제를 받으려 체중 감소에 안간힘을 기울이며 단식하던 그때와 똑같이 자조 어린 물음이었다. 한석이 떠 준 석간수를 천천히 들이마시며 말없이 듣고만 있던 희연이 비로소 한석을 바라보며 입을 열었다. 삼촌, 아무리 그래도 이건 결코 옳지 못해요. 오랜 세월 혼자 고심하고 또

고심해온 결론이라 하더라도 이건 정말 아니란 생각이 들어요. 우선 삼촌은 이미 결혼한 몸이에요. 혼잣몸이 아님을 아서야죠. 그렇담 본인이 선택한 길, 그에 따른 마땅한 책임도 져야 하는 거 아닐까요. 그리고 어머니껜 삼촌이 당신 생의 전부임을 잊어선 안돼요. 그 누구도, 그 어떤 형제도 그 역할을 대신할 수 있는 사람 없어요. 그건 삼촌도 잘 아시잖아요.

더구나…….

음미하듯 석간수를 한 모금 들이마셔 목을 적시며 희연이 잠시 말을 멈추었다. 더구나……동서는 지금 홀몸이 아니예요. 아기를 가졌어요. 병원에 가서 정확히 확인한 바입니다. 어제 저랑 통화하며 통곡을 하더군요, 입덧이 한창인데 어머닌 아파 누워 삼촌 가출 원인이 동서 탓이라고만 나무라시고. 도무지 좌불안석, 죽고만 싶다고 하네요. 만약 삼촌이 돌아오지 않는담 본인도 더 이상 살 뜻 없고 그대로 만경강에 몸 던져 죽겠다고 줄곧 울기만 하니 딱해서 볼 수가 없었어요.

순간 사색이 된 두 남자의 눈빛이 뚫어져라 희연을 바라보았다. 두 남자의 눈빛 중 한석의 쪽이 더욱 강렬한 빛을 뿜으며 희연을 주시하였음은 당연했다.


다음 날 아침, 한 남자가 해가 환히 떠오르는 사하촌을 뒤로 하고 자신의 고향집이 있는 신작로를 향해 황황히 걸음을 옮겨갔다. 한석이었다.

4화

# 도시의 야생마

희연이 첫 딸을 낳았다. 추석을 단 하루 앞 둔 마악 가을이 시작될 무렵이었다. 혜옥은 벌써 몇 개월전부터 기저귀감으로 시장에서 소창 한 필을 끊어 와 두어 차례 푹 삶고 매끈히 다듬어 희연의 산후 준비물을 빈틈없이 준비했다. 희연의 어머니 강 여사가 목화솜을 넣어 손수 만든 아기 이불, 베개 등속 외에도 혜옥은 말없이 출산용품을 하나씩 마련해놓는 지혜를 발휘하여 희연을 놀라게 했다. 그러나 정작 산모인 희연은 오직 막연한 심적 부담과 두려움 뿐, 막상 뭘 어찌 준비해야 할지 소쇄한 바람결에 그저 스산한 마음으로 하루하루를 교단에서 메워갈 뿐이었다.

애가 애를 낳았으니 우야겠노. 24시간의 극심한 진통 끝에 결국 촉진제를 맞고서야 간신히 딸아이를 분만한 희연의 하얗게 까드라진 모습을 바라보며 강여사는 염려의 빛 가득한 낯빛으로 그렇게 말했다. 어머니가 된다는 것. 그건 너무도 벅차고 아득한 길임을……. 희연의 심정은 아직 전혀 준비가 안된 모성이었다.

갓 태어난 희연의 첫 딸 유미는 심한 저체중에다 매우 병약한 편이라 키우기가 힘든 아이였다. 우유병을 빠는 힘도약해 도무지 제 양을 다 먹는 경우가 거의 없어 혜옥의 속을태웠다. 출산 휴가 한 달만에 다시 학교로 나간 희연을 대신하여 혜옥은 온갖 정성을 다해 유미를 보살폈다. 특유의 깔끔함과 완벽성이 육아에도 그대로 적용되어 우유병이며 기저귀, 기타 유아용품들을 매일매일 빨고 삶고 소독하며 청결에 유념하는 모습이 놀라웠다. 이유식도 요모조모 책을 보고연구하여 생후 개월 수에 딱 맞게 만들어 먹여 태어날 때 허약했던 유미는 백일이 지나자 날로 통통하게 살이 올라 발그레 복숭아빛 볼을 가진 아기로 변해갔다.

언니, 유미가 떡애기처럼 날로 예뻐져요. 우유 먹이며 내려다 보면 암것두 생각 안나고 꺽정시럽던 게 다 사라진당께요. 혜옥의 그런 말을 들을 때면 희연은 일면 고맙고 안도하면서도 마음 한 구석 여전히 싸아한 불안감이 자리함을 피할 수가 없었다. 한창 때인 그 나이에 종일 아이에게만 매달려 산다는 일이 어디 쉬운 일인가. 엄마인 자신조차도 아이를 전적으로 돌봐야 하는 주말보단 출근길에 오르는 월요일이 훨씬 홀가분한 기분임을 잘 알고 있거늘. 하기에 희연의심경은 늘 살얼음을 딛듯 조심스럽기만 했다. 그나마 혜옥의낙이 있다면 주로 주말을 이용한 편물과 피아노 학원 수강,그리고 짬짬이 책을 손에 들고 꾸준히 이어가는 독서가 전

부였으나 그래도 '조카 바보' 란 소릴 들을 만큼 끔찍한 정성
으로 유미를 키운 덕분에 약하게 태어난 아이는 탈없이 쑥쑥
잘 자라났다.

유미가 첫돌을 지난 다음 해 봄 시난고난 병치레를 하던
시부가 세상을 떠났다.

조상대대로 땅을 일구며 살아온 터전이라 온동네가 다 참
여하다시피한 초상이었는데 사흘 내내 비가 내렸다. 봄비라
기엔 너무 줄기찬 빗발이라 문상을 받는 일이 여간 어렵질
않았다. 마당 가득 차일을 치고 가마니를 깔아 빈소가 있는
안채에서 다 수용할 수 없는 조문객을 맞기 위해 마련한 자
리는 우천으로인해 불편과 옹색함을 면할 길이 없었다. 손님
상을 들고 발을 딛을 때마다 마당에 깔린 가마니 위로 벌건
흙탕물이 배어올라 희연은 몇 번이고 그만 미끈, 발을 헛딛
곤 했다. 하마터면 상을 들고 그대로 미끄러지고 말 상황이
었다.

도리없이 희연은 그 일은 혜옥에게 넘긴 후 자신은 차라
리 설거지팀에 합류하겠노라 자청했다. 동네 아낙들이 모
두 나서 저마다 일손을 돕긴 했으나 워낙 삼동네 사람들이
다 모여드는 판국이라, 상주들이라고 해서 두 손 놓고 조신
히 앉아 있을 상황이 아니었다. 상복 치마를 둘둘 말아 허리
끈으로 질끈 묶고 저고리 소매를 걷어부친 차림으로 커다란
함지박에 산더미처럼 쌓인 그릇들을 치우는 일도 결코 만만
한 일은 아니었다. 수돗가의 얇은 깔개 위에 쪼그리고 앉아
그릇을 씻자니 우선 허리와 다리가 끊어질 듯 아파왔고, 무

엇보다 호스를 대고 몇 번씩 물을 갈아가며 설거지를 하려는 희연의 결벽증에 동네 아낙들이 모두 혀를 차며 제동을 걸어와 도무지 성에 차질 않았기 때문이었다.

초상집이서 설거질 고렇콤 하믄 손님덜을 언지 다 받는 대어. 뭐시냐, 말간 물에 걍 후르륵 가서내도 암시렁 안혀요. 세제 거품을 흐르는 수돗물에 대고 말갛게 행궈내려는 희연의 행위에 대해 아낙들은 모두 기가 찬다는 듯 그녀의 지나친 청결을 만류했다. 물을 가득 채운 함지박을 여러 개 늘어놓고 차례로 그릇을 담가 휘저은 후 커다란 소쿠리에 건져내면 그걸로 끝이었다. 대신 수도꼭지에서 호스로 연결된 함지박의 물을 자주 갈아주면 된다는 것. 하지만 그런 식의 설거지가 과연 완벽할까. 동네 아낙들과 희연의 사고는 그런 작은 일에서부터 어긋나 뭔가 말할 수 없는 이질감과 거리감이 생겨남을 막을 수가 없었다.

더구나 만 두 살이 채 안된 유미는 떠들썩한 상가 분위기에 적응 못해 계속 울어댔고 혜옥은 아예 그런 유미를 등에 들쳐업곤 씩씩하게 상을 날라 사람들을 놀라게 했다.

저 고모 극성 좀 보랑께로. 조카라면 껌뻑 죽는단께. 근디 아그가 대저 누굴 닮았당가. 후제 크면 코도 쪼깐 세우고 뭐시냐 그 쌍까풀도 쫌 해야쓰겄네이. 일손을 돕던 아낙들은 저마다 혜옥의 등에 업힌 유미를 흘낏거리며 쑥덕거렸다.

하이고, 벨 걱정을 다혀요. 에렀을 때 코 납작혀도 후제 크면 다 나온당께요. 을매든지 예뻐질 것인께 걱정들 마시랑께요. 아낙들의 수군거림을 들을 때면 혜옥은 바락 성을 내며 그들에 맞선 당찬 대거리를 잊지 않았다. 염병헐! 넘의 집 귀한 자식 놓고 뭘라 저리 말들을 해쌌는지 승질 나 죽겄네. 눈에 확 불을 켜며 혜옥은 유미를 업은 채 화를 못 참아 씩씩거렸다. 지 손으로 키운 조카라고 워찌 저렇콤 벌벌 헐 수가 있다냐. 영락없는 조카바보여! 애 어미랑 고모가 완전 바뀐 격이랑께. 아낙들은 무색함을 못 이겨 그예 한 마디씩 토를 달기 일쑤였다.

비록 궂은 날씨 속에 치러진 초상이었으나 발인날은 좀 빠끔히 날이 개어 다행이었고, 장례는 무사히 끝이 났다. 그러나 희연은 결혼 후 처음으로 인륜지대사라 할 큰일을 치르며 거듭 절감했다. 맏며느리로서 자신이 시집의 풍습이나 가풍에 얼마나 걸맞지 않은 유형의 여자인지를. 정말 많은 것에 부합되질 않는 여자라는 새삼스런 자각에 깊이 절망하지 않을 수 없었다. 뭐 하나 거뜬히 해낼 수 있는 일이 없다는 무력감이 전신을 휘몰아온 까닭이었다. 때문에 결혼생활 자체가 더욱 힘겹고 짐스럽게만 느껴져 자주 우울했다.

그런 중에도 혜옥은 조카를 위해 모든 정성을 쏟아부었고 유미는 몽실몽실 잘 자라났다. 밤이면 혜옥은 창가 스텐드 곁에 앉아 펜팔 친구인 중학교 동창과 긴 사연의 편지를 주고 받으며 육아의 고달픔을 달래는 게 낙이었다. 밤 늦도록 라디오의 음악이 흐르고 불이 환히 켜진 걸 보면 혜옥이 동창 남자애에게 편지를 쓰는 시간이었다. 마침 군에 입대한 혜옥의 친구는 군생활의 고달픔을, 혜옥은 서울 생활의 외로움을 토로하며 서로가 서로에게 힘과 위안이 되는 고향 친구가 있음은 매우 다행한 일이라고 희연은 생각했다.

혜옥의 동창, 펜팔 친구인 경훈이 군에서 휴가를 나온 어느 봄이었다. 그간 편지로만 서로 깊은 우정을 쌓아가던 두 사람은 마침내 데이트를 하기로 약속했다. 고향을 떠나온 이후의 첫 만남이었다. 희연의 집이 광화문에서 멀지 않은 터라 그들은 일단 덕수궁으로 만남의 장소를 정하고, 혜옥 쪽에선 도리없이 조카, 유미를 데려 가겠노라 미리 양해를 구해야만 했던 딱한 데이트였다. 머리에 클립을 말아 정성껏 다듬고 희연이 이대입구 양장점에서 맞춰 준 원피스에 스타킹, 구두까지 갖춰 신은 혜옥의 모습은 꽤나 곱고 아리따웠으나, 옆에 달린 3살짜리 꼬마 유미는 아무리 봐도 혹과 같이 거추장스러운 존재임이 분명했다. 꼬모, 꼬모 안아줘, 하며 수시로 팔에 매달리고 기어오르는 통에 얌전한 숙녀 티를 낸다는 건 엄두도 못 낼 성가신 장애물일 뿐이었다.

그래도 애면글면 키운 살뜰한 정으로 혜옥은 유미를 보듬어 안고 동창을 만나러 나갔다. "충성!" 얼룩무늬 군복 차림으로 덕수궁 정문에서 혜옥을 기다리던 경훈이 멋진 거수 경례를 붙이며 미소지었다. 혜옥도 수줍게 웃으며 그를 향해 다가갔다. 순간 혜옥의 품에 안겨있던 유미가 온몸을 떨며 울음을 터뜨렸다. 당황한 경훈이 얼결에 유미를 받아 안으며 달래 보려 온갖 애를 썼으나 그럴수록 군복 차림의 남자가 낯선 유미는 더욱 더 큰 소리로 울어 댈 뿐이었다. 간신히 덕수궁 안으로 들어가 매점에서 막대사탕과 음료수를 사 손에 들려주자 그제야 유미는 겨우 울음을 그치곤 송글송글 눈물을 매단 채 정신없이 사탕을 빨아먹었다.

혜옥의 첫 데이트는 유미의 존재로인해 아늑하고 은은한 만남과는 완전히 거리가 먼 것이 되고 말았다. 끊임없이 뭔가를 요구하고 보채는 아이로인해 잠시도 차분히 대화를 이어갈 틈이 없었기 때문이었다. 더없이 산만하고 어수선한 시간이 마냥 흘러갔다. 두 사람은 덕수궁 내 조용한 식당을 찾아 겨우 한숨을 돌렸다. 그러나 그걸로 끝이 아니었다. 꼬모, 꼬모 쉬이 쉬이…… 유미가 갑자기 다급한 소리로 혜옥의 원피스 자락을 붙잡고 늘어졌다. 순간 상황을 파악한 혜옥이 황망히 유미를 안고 식당의 화장실을 찾아 내달았다. 기저귀를 채워와야만 했었는데 깜찍한 치마 속 도톰한 드로우즈가 폼을 구긴다며 앙증맞은 꽃무늬 팬티만 입혀온 게 불찰이었다. 이제 겨우 소변만을 조금씩 가리는 유미였으나 난데없는 외출이 아이에겐 과중한 스트레스를 안겨 준 것임이 틀림없었다. 화장실에 닿기도 전 유미는 그만 혜옥의 가슴에 흥건히 오줌을 싸고 말았다. 하이고, 가시내야, 이걸 어쩐다냐. 급기야 혜옥의 화사한 살구빛 원피스 자락으로 유미의 오줌이 번져내렸다. 그러나 혜옥은 특유의 순발력으로 화장실의 수돗물을 틀어 아이의 아랫도리를 씻기고 손수건을 물에 적셔 몇 번이고 자신의 원피스에 밴 오줌 자국을 닦아내었다.

그로 인해 그날의 데이트는 엉망이 되고 말았다. 여전히 자신의 몸 어디엔가 남아 있을 오줌 냄새에 신경이 쓰여 혜옥의 기분은 내내 무참하기만 했다. 그러나 경훈은 전혀 개의치 않듯 그저 신나게 이야길 계속하며 조금이라도 더 시간을 끌려고 애를 썼다. 너, 우리 중3때 교내 합창대회 기억하냐. 니가 그때 너그 반 지휘를 맡았었잖어. 그날 강당에 올라 지휘봉 잡고 선 니 뒷모습에 완전 반했단께. 난 그때 그 곡목도 다 생각난다야. 넌 기억하는가 몰겄네. 그 집앞. 그 곡이었잖어. 이은상 작시, 현재명 작곡. 나 그때부텀 그 노래만 들으믄 막 눈물이 나곤 했다. 고향 생각, 집 생각, 니 생각이 나서 죽는 중 알았단께. 경훈이 눈물을 내비치며 하는 그런 얘기도 귀에 건성 들어올 만큼 혜옥의 기분은 처져만 갔으나, 경훈은 전혀 아랑곳 하질 않았다. 어느새 서로 낯을 익힌 유미를 담쑥 안아도 주고 얼려주고 달래는가 하면 자신의 손수건을 꺼내 아이의 말캉한 볼에 흐르는 땀을 닦아주기도 하여 혜옥을 감동시켰다.

무척 자상하고도 좋은 아빠가 될 남자라는 생각이 들었다. 아내도 더없이 아끼고 사랑해줄 부드럽고 착한 심성의 남편. 그러나…그러나……. 그것만이 전부가 아니었다. 그토록 혐오스러워 탈출한 고향을 훌쩍 벗어나게 해 줄 사람. 적어도 혜옥의 경우는 무엇보다 그런 여건을 채워줄 수 있는 남자여야만 했다. 눈만 뜨면 바라보이는 막막한 지평선 너머 그 어떤 미지의 세계. 혜옥은 늘 태어나 자란 K시로부터의 탈출을 꿈꿔왔다. 정체되고 낙후된 소도시. 어떻게든 그곳을 빗어나아만 한다고 생각했다. 그러나 경훈은 과연 그러한 자신의 바람을 이뤄줄 수 있는 존재인 것일까. 혜옥은 가만히 고개를 가로저었다.

읍내의 하나밖에 없는 오래된 사진관, 그 집의 외아들인 경훈은 사진사인 아버지와 전업주부인 어머니, 그리고 위로 누나 셋을 둔 지극히 평범한 집안의 막내였다. 사랑을 많이 받고 자라선지 유독 맘이 여리고 정이 많아 애초 그 점이 혜옥의 마음을 사로잡긴 했다. 험한 농사일, 많은 형제들 속에서 복닥거리며 살아온 그녀로선 얄상한 얼굴에 시골 아이같지 않은 경훈의 해말끔한 외모도 크게 호감으로 작용했음이 사실이었다. 그러나 사실 그는 너무 유약했다. 자신이 지닌 거친 야성을 잠재우고 다독여 순연히 다스릴 수 있는 그런 강인함이란 엿볼 수가 없는 약한 기질이 불안하기만 했다.

실은 이즈음 가끔씩 집으로 놀러오는 희연의 제자 찬욱에게 더 마음이 끌림을 어쩔 수가 없었다. 뭔가 강력한 마초적 남성미와 거친 야성 같은 것이 느껴지는 찬욱 쪽이 훨씬 더 맘에 듦을 감출 수가 없었다.

서울에서 이뤄진 경훈과의 첫 데이트 이후, 혜옥은 점차 자신의 마음을 접으며 그로부터 좀 더 멀어질 궁리에만 골똘하는 자신을 깨달았다. 그의 유약한 심성, 소시민적 사고, 소심한 성격 등이 뭔가 남성적인 강한 매력으로 다가오질 않았다. 이성적인 끌림이라곤 그닥 없는, 그저 허물없고 가까운 동창이란 느낌. 거기에서 한 발짝도 더 벗어나질 못한 까닭이었다.

찬욱은 희연이 지도하는 특별활동 문예반 반장인 고3 학생이었다. 중고 병설 학교라 정규 수업은 각 교사당 중·고가 분리되어 수업이 배당되었으나 특활만은 중·고 병합으로 국어 교사인 희연이 문예반을 맡게 되었고 반장이 곧 박찬욱이었다. 그는 곧잘 원고지에 뭔가를 써 서울 온 김에 들렸다며 불쑥불쑥 희연의 아파트를 찾곤 했다. 방문 전 미리 전화를 하긴 했으나 희연도 혜옥도 매번 당황하긴 매한가지였다. 좀 저돌적인 데가 있는 학생이긴 분명하나 그 모습이 그리 밉지만은 않음이 또한 기이했다. 일산의 한강 하류에서 농사를 짓는 가정이었으나 비교적 부농으로 그 지역 유지라 할 만큼 여유가 있는 환경 탓인지 활달하면서도 구김살 없는 성격이 누구에게나 호감을 주는 유형이었다.

희연의 집을 방문할 때면 찬욱은 자신의 작품이 실린 원고 뭉치 외, 집에서 농사 지은 한 바구니의 딸기, 싱싱한 계란, 단감 한 상자, 굵은 알밤 등 꼭 무언가를 손에 들고 와 희연이나 혜옥을 감탄케 했다. 어쩜 원고는 차치하고 희연에게 자신이 직접 일손 도와 거둬들인 농산물을 전달키 위해 달려오는 느낌이라 희연은 매번 그러한 찬욱의 모습에 가슴 한 켠이 짠해오곤 했다. 그가 놓고 가는 원고를 찬찬히 읽어보고 진지하게 조언을 해줘도 번번이 자신의 글에 대해선 더 이상 별 관심이 없음을 느꼈기 때문이었다. 샘, 샘 집에서 그냥 좀 머물다 가면 안되나요. 문학 얘긴 학교서나 해주서요. 제 글은 시도 뭣도 아니에요. 그냥 낙서 같은 것이죠. 요즘 잠이 안 와 끄적거린 것일 뿐입니다. 숱 많은 머리털을 긁적이며 그는 그렇게 말하기 일쑤였고, 희연의 서재에 들어가

빼곡히 꽂혀있는 책 중 한 권을 빼내어 뒤적이다간 때론 그 책을 빌려 간다며 자신의 가방에 집어 넣곤 이내 곧 돌아가곤 하는 게 상례였다. 희연으로선 다 큰 제자의 그러한 방문이 썩 달가운 일만은 아니었으나, 혜옥은 또래 특유의 동질감에선지 어쩐지 찬욱의 존재를 적이 반겨함이 역력했다. 발그레 홍조 띤 얼굴로 예쁘게 깎은 과일과 차를 내오는 모습이 그걸 말해주었다.

혜옥의 그런 자태는 평소의 활기차고 당찬 기질과는 또 다른 면모라 희연은 놀라웠다. 유미가 동네 아이들과 어울려 놀다 누군가에게 한 대 맞고 울음보를 터뜨릴 때면 일의 전후 사정, 상황을 살피기도 전에 동네가 떠나가라 소릴 지르며 상대 아이를 혼내주기로 유명한 고모였다. 풍신처럼 울덜 말고 당장 달겨들어 쟈 코를 콱 물어 뜯어불란께. 유미의 등을 와락 떼밀며 상대 아이에게 단단히 겁을 주고서야 겨우 분이 풀리는 성격이었다.

시모가 상경해도 혜옥의 태도는 변함없었다. 한시반시 시모의 마음이 편안하도록 가만히 놓아두질 않는 딸이었다. 이 작것이 대저 왜 이런디야. 사람 좀 작작 볶아싸라잉. 감기에 걸려 떼를 쓰며 울고 보채는 유미의 여린 뺨을 후려갈기며 시모의 앞에서 악을 쓰는가 하면, 예의 아들집에서 식모살이 시키려고 딸을 낳았느냐며 시모의 억장이 무너지는 소릴 해대기 일쑤였다. 나가 참말로 쟈아 땀시 한시도 여그 와서 맘 편히 못있겠낭께. 시상에 아무리 속아지가 난다 혀도 쬥일 에미 떨어져 지내는 물같이 에린 것을 워찌 고렇큼 모질게

때릴 수가 있다냐. 나 보란듯키 그러는 것이제잉. 내 꼴을 못 봐서 그런거. 에미야, 나 낼이락두 당장 내려가야 쓰겄다아.

눈물바람으로 전하는 시모의 그러한 애끓는 하소를 들을 때면 희연 또한 속에서 분노가 치솟고 어린 유미와 노모가 안스러워 당장이라도 학교를 그만 두고 싶은 생각이 치밀어 오름을 참을 수가 없었다.

아가씨, 불만 있음 말로 해요. 왜 철없는 애를 때리고 그래요. 더구나 겨우 며칠 와 계시는 어머님께도 맘 좀 편하게 해드림 안되나요. 정말이지 화가 나 못 참겠어요. 낼이라도 당장 사표를 내고 싶은 마음 뿐이에요. 가까스로 울화를 다스리며 혜옥에게 자신의 마음을 전하는 희연의 음성에 심한 떨림이 일었다. 맘이 아렸다. 심장 가운데를 칼로 도려내 듯 예리한 통증이 번져왔다. 하기에 애초 차라리 남의 손에 유미를 맡기려 했으나 굳이 자신이 키우겠다며 돌보미 처녀, 애자를 단호히 내보낸 게 누구였던가. 언니, 울엄니 불쌍헌 사람인 줄 저도 왜 몰겄어요. 허지만 어떨 적엔 자식덜 고상이나 시키려 애를 낳았나, 하는 생각에 증말로 속에서 불덩이가 치밀곤 허는 걸 참을 수가 없단께요. 유미도 워찌나 밥 안먹고 땡깡을 부려쌌는지 때론 참말로 동냥 보따리 둘러메고 뛰쳐나가고만 싶단께요. 폭폭헌 지 맘을 누가 알겄어요.

눈물로 호소하는 혜옥의 반응에 희연은 아린 마음을 가까스로 달래며 자신의 생각을 바꾸었다. 그래도 완전 타인보단 피붙이가 훨씬 더 미덥고 나을 것임은 말할 나위가 없었다. 워낙 불같은 성질이라 이따금 조카라도 손찌검 정도는 할 수 있겠으나 그래도 유미를 사랑하는 마음만은 숨길 수 없이 드러남을 희연도 잘 알고 있기에 더 이상은 문제 삼지 않았다. 다만 희연의 추궁에 혜옥 스스로 자괴심에 빠져 한바탕 울음을 쏟아내며 자신의 고약한 성질을 자탄하는 것으로 일은 끝이 났다

처연히 가을비 내리는 어느 저녁 포상 휴가를 얻은 경훈이 민통선 외진 산골 부대에서 혜옥을 만나러 서울로 올라왔다. 군용 쌕을 둘러메고 우산도 없이 아파트를 찾아 온 그가 혜옥을 밖으로 불러내었다. 혜옥의 낯빛은 반갑기보단 당혹과 착잡함이 엇갈리는 묘한 표정이라 희연은 의아했다. 마악 저녁을 먹은 직후라 예의 깔끔히 설거지까지 하고 나가려는 혜옥을 방으로 밀어넣으며 희연이 말했다. 아가씨, 설거진 내가 할테니 예쁘게 단장하고 나가요. 아녀요, 걍 편허게 하고 나가야지 뭐더러 단장썩이나 허고 나간대여. 혜옥은 허심한 얼굴로 그렇게 답하며 집에서의 차림 그대로 트렌치코트만을 걸친 채 서둘러 밖으로 나갔다. 피부결이 고와 생머리 단발에 화장을 전혀 안해도 스무 살 그 나이 특유의 풋풋함이 묻어나는 청신한 모습이었다.
경훈은 얼룩무늬 군모와 군복 차림에 카키색 군용 쌕을 둘러멘 채 아파트 부근을 서성이고 있었다. 가는 비에 옷이 젖어가고 있었으나 개의칠 않는 모습이었다.
밥이나 먹었냐. 어디 들어가 비라도 피할 것이제. 혜옥이 그를 이끌어 가까운 국밥집으로 데려갔다. 뜨거운 국밥에 소

주 한 병을 시켜 후룩후룩 들이키는 경훈의 모습이 안스러워 혜옥은 가슴이 짠해왔다. 뭘라고 집에나 후딱 갈 것이제 여글 들렀다냐. 혜옥의 야무진 추궁에 소주를 홀쩍이던 경훈이 붉게 충혈된 눈으로 혜옥을 정시했다. 뭘라고 들렀냐고라. 시방 너 누굴 놀리냐. 니 얼굴 함 보려고 죽으라 유격 훈련하여 포상 휴갈 얻은 것인디……. 너 요즘 왜 편지도 안하고 그냐. 뭔가 쪼깐 이상허고 폭폭혀서 죽겄드라고오. 너 혹시 맘 변한 것 아니냐. 너 땀시 탈영하고 싶어 죽는 줄 알았은께. 무슨 탈 나믄 너 책음져라잉.

몇 잔의 소주 탓일까. 투정하듯 다소의 엄살을 섞어 말하는 경훈의 모습이 언짢아 혜옥은 눈살을 찌푸렸다. 경훈의 바로 저런 모습, 어쩜 더없이 유약한 그런 면이 너무 싫어 그로부터 멀리 달아나고 싶었는지도 모를 일이었다.

너 맘 변해블면 난 이걸로 세상 끝장인께. 경훈이 아무도 몰래 군용 쌕을 뒤적이더니 밥상 아래로 급히 권총을 꺼내보이며 말했다. 순간 그의 눈에서 알 수 없는 광채가 번뜩임을 혜옥은 놓치지 않았다. 부대에서 빼내 온 것인지 장난감 권총인지 도무지 분간할 수 없는 형태의 총이었으나 혜옥은 온몸이 굳어져 말을 잃었다.

야아, 오경훈, 너 지발 정신 좀 똑바로 차려라잉. 혜옥이 난데없이 경훈의 어깨를 후려치며 소리쳤다. 이 방안 퉁수야. 풍신이 양장구 치고 자빠졌다야. 아니 어따 대고 협박이냐, 시방. 쏴라, 쏴. 잘되얐다. 나 어차피 길게 살고 잪은 사람 아닌께 나부텀 죽이고 너 죽으믄 쓰겄다. 둘은 마침 국밥

집 호젓한 방에 들어 앉은 터라 시끌벅적한 홀 손님들의 시선을 끌지 않음이 천만다행이었다. 사내 자슥이 되갖고 시상에 흔하고 흔한 가시내 하나 땜시 죽는다고라. 미쳤구만. 글고 시방 우리가 대체 몇 살이냐. 대가리에 피도 안 마른 것들이 뭔 사랑 타령이냐고. 진짜 사랑은 고런 것이 아니란께. 글고 누가 뭐래도 넌 나의 소중한 친구여. 그것이 을매나 좋은 것이냐고오. 우린 아무도 뺏어갈 수 없는 좋은 추억을 나눈 동창인 것이여. 그 이상 뭐가 더 중허겄냐.

혜옥이 얼른 소주 한잔을 따라 원샷을 했다. 얼떨결에 한 대 맞은 경훈이 타오르는 눈길로 혜옥을 쏘아보았다. 그려, 난 승질머리 더럽고 싸나운 년인께 너랑은 어차피 맞질 안혀. 넌 더없이 착한 애잖여. 그란께 착한 여잘 만나 구순히 잘 살아야 혀. 난 원캉 싸낙빼기라 당최 못써어. 못 쓴당께.

자작술로 연거푸 들이킨 소주 두어 잔에 흠씬 취해버린 혜옥이 눈물이 홍건한 얼굴로 웅얼거렸다. 혜옥의 하는 양을 내내 지켜만 보던 경훈이 와락 혜옥의 잔을 빼앗아 술을 제지하며 말했다. 그려 내가 잘못했다. 우리 부대 무기고 담당병을 몇날 며칠 꼬드겨 간신히 탄환도 읎고 쏘지도 못허는 폐기물 권총 한 자루를 빌려 왔는디, 이것도 들키면 영창감이여. 순전히 너헌티 프로포즈를 쪼깐 좀 별나게 헐까 허곤 빌려온 것인디, 혜옥이 넌 역시나 똑똑헌 가시내다. 전혀 속아넘어가질 않잖여……. 내 불찰이다야. 미안허다. 얼결에 강펀치를 맞곤 그제야 정신이 돌아왔는지 경훈이 쓰디쓴 웃음을 지으며 자신의 속내를 토로했다. 너의 그 착허고 정직한 점 땜시 너를 좋아혔던 건 사실이다. 헌디 우린 결혼까진 아녀. 왠지 내가 널 불행하게 헐 것만 같은 생각을 도무지 떨 쳐버릴 수가 없은께. 그간 니가 젤로 고마웠다, 글고 증말 미 안혀. 날씨 추워지는디 이거 목에 두르고 따땃이 허고 가라 잉. 내가 지난 봄 널 만난 이후 내내 널 생각하며 털실 사다 뜨개질 헌 것인께. 혜옥이 자신의 가방에서 진녹색 긴 털머 플러와 장갑을 꺼내 경훈에게 건네며 말했다. 고맙다…… 인 자 자주 연락 안헐 틴께 잘 지내라잉. 쌕을 어깨에 두르며 휙 몸을 돌리는 경훈의 눈가에 반짝 이슬이 맺힘을 혜옥은 애써 외면했다. 빗속에 멀어지는 경훈의 뒷모습을 지켜보던 혜옥 의 눈에서도 후르룩 눈물이 흘러내렸다.

그해 가을이 깊어갈 즈음 찬욱이 일산 장항리 한강변 자 신의 집으로 희연을 초대했다. 그의 아버지 회갑연을 맞아 성대한 잔치를 벌였기 때문이었다. 마을 유지, 형제자매들의 지인, 친구들을 비롯하여 주로 일가 친지들을 초대했는데 학 교 선생들 중에선 찬욱의 담임교사와 희연, 그리고 그와 가 까운 몇몇 교사들이 초대되었다. 혜옥씨랑 함께 오셔요, 선 생님. 목장 경영하는 노총각 우리 형 장가 좀 보내려는데 어 쩜 혜옥씨랑 서로 필이 통할 수도 있잖아요. 찬욱은 희연에 게 초대장을 건네며 그렇게 말했다. 마침 일요일이고 경훈과 의 결별을 고한 혜옥이 정작 마음 한편으론 매우 울적한 심 경임을 감지한 터라 희연은 기꺼이 혜옥과 함께 찬욱 부친의 회갑연에 참석하기로 맘을 먹었다.

찬욱의 집은 한강 하류 넓은 들녘을 보듬은 아늑한 마을이었다. 옹기종기 모여 있는 고만고만한 농가 중 고래등같은 기와집이 단연 눈에 띄는 집, 한눈에도 마을 유지이거나 부농의 위상이 그대로 전해오는 저택이었다. 넓은 집의 크고 작은 방마다 빼곡히 들어찬 하객들로 거의 발 디딜 틈이 없었고 잔치는 더없이 풍성하고 흥겨웠다. 찬욱이 반색을 하며 뛰어나와 희연을 비롯한 선생들을 안채로 안내했다. 찬욱의 부친이 직접 나와 환대와 함께 감사의 마음을 표했고 앞치마를 두른 찬욱의 동생, 하란이 연시처럼 빨갛게 물든 얼굴로 정성스레 상차림을 도와 분위기를 돋웠다. 더할 나위 없이 부요하고 화목한 가정임이 고스란히 전해오는 정경이라 희연은 감탄했다. 혜옥도 적이 감동한 낯빛으로 찬욱의 가족들로부터 시선을 떼지 못함이 역력히 전해왔다.

　마당 한가운데 크고 둥근 멍석이 깔리고 흥겨운 풍악과 함께 찬욱의 부모님께 자손들과 친지들이 줄을 이어 헌수하는 모습도 흔연함을 자아냈다. 헌수에 이어 참석자 대표들의 축사와 함께 축가가 이어졌는데 한복으로 곱게 단장한 세 아들과 맏며느리, 한 명의 고명딸인 하란 등 자손들이 모두 나와 노래 한 곡씩을 불러 하객의 눈과 귀를 즐겁게 했다. 특히 셋째 아들 찬욱의 노래 솜씨는 하객들의 찬탄을 자아내기에 충분했다. 약간의 비음이 섞인 매력적인 중저음의 바리톤. 그가 성악 전공이 아니기에 더욱 돋보이는 음색이라고 희연은 힘껏 박수를 치며 응원했다.

　이번엔 저희 학교의 국어 선생님이시며 문예반을 지도하

시는 '교무실의 여학생'이라 불리우는 인기 짱 김희연 선생님
을 소개합니다. 오늘 저희 아버님 위해 축사 한 말씀 부탁드
리며 축가도 한 곡 해주시면 더없는 영광이겠습니다. 찬욱이
자신의 노래를 끝내자 느닷없이 희연을 마이크 앞으로 이끌
며 축가를 청했다. 당황한 희연은 얼결에 찬욱 부친의 회갑
을 축하하는 인삿말을 한 후, 함께 참석한 시누이, 혜옥을 소
개하며 자신을 대신하여 축가를 부르도록 유도했다. 혜옥의
노래 실력은 성악을 전공해도 손색이 없을만큼 뛰어남을 희
연은 알고 있기 때문이었다. 당혹감에 잠시 주저하던 혜옥이
마이크 앞으로 나아갔다. 윤기나는 검은 생머리를 한 갈래로
묶고 짧은 청치마에 검정 터틀 스웨터를 입은 모습이 누가
봐도 가을 사과처럼 단단하고 상큼한 모습이었다.

　　내 통곡의 의미를 알면은
　　다시는 비가 안 내려야지
　　빗줄기 타고서 이 가슴 때리는
　　내 젊음의 몸부림
　　통곡을 했었다 메아리도 없었다
　　그러다 조용히 가버린 내~젊은
　　내 젊은 야생마
　　비가 내리는 밤이면
　　비가 내리는 밤이면~~~

　　더없는 절창이었다. 야생마. 어쩜 혜옥의 이미지와 너

무도 딱 맞아 떨어지는 곡이라 희연은 전율했다. 맑고 힘있고 청아한 음색이 듣는 이의 가슴을 뒤흔드는 마치 절규와도 같은 노래였다. 하객들이 뜨거운 박수로 앙코르를 청해왔다. 희연도 힘껏 박수를 치며 공감의 눈빛을 나누려 찬욱을 바라보았다. 그러나 찬욱의 시선은 자신의 형 찬희를 향하고 있었다. 뭔가 그의 반응, 그의 느낌을 확인하고 공감을 얻어내려는 듯한 눈길. 희연 또한 찬희쪽을 보지 않을 수 없었다. 환한 얼굴로 박수 치는 찬희의 입가에 훈훈한 미소가 어렸다. 적어도, 분명히 호감이 깃든 미소임이 틀림없었다. 활달하고 남성적인 찬욱에 비해 찬희는 보다 정적이며 차분한 분위기를 지닌 성품으로 전문대를 졸업한 후 간간히 시를 써 발표하며 목장을 경영하는 시인이었다. 운동을 좋아하는 찬욱이 굳이 문예반에 들어온 것도 알게모르게 형 찬희의 영향이 크지 않았을까 희연은 그런 생각이 들었다. 어쨌거나 찬욱과 찬희는 타고난 문학적 재능의 소유자임은 확실했다. 그의 부친이 한 풍류하며 시조 쪽으로 향촌에 이름이 난 예인이고 보면 가계 DNA의 내림임이 분명했다.

회갑연이 한창 무르익어 인근의 내노라 하는 명창들이 줄을 이어 노래하고 춤추는 가무의 순서가 이어지자, 찬욱이 슬몃 다가와 희연과 혜옥을 마당 한컨으로 이끌었다. 선생님, 우리 형 목장 구경이나 하실래요. 말은 몇 마리 안되지만 초원이 꽤 넓거든요. 형, 형이 안내 좀 해드려요. 자신은 회갑연의 진행을 도와야 한다며 짐짓 몸을 빼곤 형, 찬희를 앞세우는 그의 은근한 속내가 가늠되어 희연은 실소했다. 그러나 혜옥의 낯빛엔 왠지 한가닥 서늘한 기운이 스쳐갔다.

찬희의 안내를 따라 마을 어귀 나지막한 야산을 끼고 돌아가니 갈색으로 물든 확 트인 목초지가 펼쳐졌다. 하얀 목재 팬스가 쳐진 목장은 넓고 평화롭고 고요했다. 자신의 목장을 소개하며 말들에 관해 얘기하는 찬희의 눈에서 희연은 맑고 깊은 시인의 눈빛을 읽었다. 말들도 자신을 키우고 사랑하고 돌봐주는 사람의 말은 알아들어요. 예민하고 지능이 상당히 높은 동물이죠. 한 다섯 살 아이 정도의 지능을 가졌다 할까요. 저는 말에게 저마다 다 이름을 지어주곤 그들의 이름을 불러줍니다. 우리 형제들 이름를 따서 민, 욱, 란 그리고 영. 저희 형의 이름이 찬민, 동생이 찬욱, 그리고 여동생이 하란이니까요. 그가 포근한 미소로 설명했다. 근데 '영'은 누구죠. 희연이 슬쩍 물었다. 아, '영'은 제가 한 때 사랑했던 여자의 이름입니다. 멋쩍은 듯 머리털을 쓸며 고백하는 찬희의 말에 희연과 혜옥이 동시에 아하, 감탄사를 발했다.

참 신기하죠. '영~~' 하고 부르면 넓은 초원을 가로질러 영이 내게로 막 달려와요. 자길 부르는 소릴 알아듣는거죠. 시인의 눈빛에 반짝 물기가 어렸다간 사라졌다. 순간 혜옥의 얼굴에도 희미하고 슬픈 미소가 스침을 희연은 놓치지 않았다.

얘가 가장 최근에 들어 온 방목장의 막내예요. 제주에서 사온 야생마인데 아직 이름도 미처 지어주질 못했어요. 총 다섯 마리의 말들이 마방마다 칸칸이 들이 찬 마구간을 안내

하다 가장 여위고 어린 말을 가리키며 찬희가 말했다. 어서 빨리 예쁜 이름으로 지어주세요. 희연의 말에 찬희가 불쑥 혜옥을 바라보며 말했다. 그럼 이번엔 '옥'으로 할까요. 찬희가 부신 눈빛으로 혜옥을 바라보며 말하자 혜옥이 몹시 당황한 얼굴로 수줍게 웃음 지었고 희연이 환한 얼굴로 호응했다. 아, 좋네요. 그게 좋겠어요. 희연의 호응에 힘을 입은 듯 찬희가 짐짓 장난기 어린 음성으로, 그럼 오늘부터 애를 옥이라고 부르겠습니다. 자, 한번 불러 볼까요. 오오옥~~!!

그가 어린 말의 등을 쓰다듬으며 소리 높혀 이름을 불렀다. 순간 혜옥이 뜬금없이 정색을 하곤 찬희에게 물었다. 아, 근데 욱은 어됬나요. 어떤 말이 '욱'인지요. 아, 욱이요. 털이 유독 빛나는 바로 옆 마방의 쟤입니다. 유난히도 반짝이는 갈기와 암갈색의 날렵한 몸매가 돋보이는 중마를 가리키며 찬희가 답했다. 혜옥이 살며시 욱에게로 다가가 그의 갈기를 쓰다듬었다. 우욱~! 혜옥의 부름에 순한 눈을 껌벅이며 욱이 혜옥의 얼굴을 바라보았다. 혜옥의 낯빛엔 형언키 어려운 착잡함, 슬픔이 피어올랐다.

찬희가 마방에서 욱을 끌고 나와 팬스의 출입문을 열고 방목장 안으로 데려갔다. 욱, 자아 달려라~~찬희가 말의 고삐를 풀어주며 힘껏 외치자 욱은 날샌 자태로 목장 안을 빠르게 한바퀴 돌았다. 혜옥씨, 이제 크게 한번 쟬 불러보세요. 혜옥의 얼굴이 확 밝아졌다. 줄곧 팬스 밖에서 지켜보던 혜옥이 손나팔을 만들어 큰 목소리로 욱을 불렀다.

우우우욱~~~~!

방목장을 돌던 욱이 암갈색 갈기를 날리며 혜옥을 향해 힘차게 달려왔다.

우우우욱~~~~!

혜옥의 청아하고 애절한 음성이 부시도록 맑은 가을 하늘, 드넓은 초원의 하얀 팬스를 너머 멀리멀리 퍼져나갔다.

5화

제**5**화

# 지평선

한석이 내소사에서 출가의 뜻을 접고 집으로 돌아온 후 한동안 시모와 계순의 갈등은 어느만큼 완화된 게 사실이었다. 적어도 표면적으론 그랬다. 그러나 첫딸을 낳은 계순이 어쩐 일로 그후 연년생으로 딸만 내리 셋을 낳아 어언 네 딸의 엄마가 되자 그로인해 가뜩이나 아들 선호 사상이 유별난 시모는 극히 심기가 편치 않은 상황이 되고 말았다.

계순이 아이를 낳을 때마다 이번엔 혹여 아들일까 애타게 기다려 온 시모는 한석이 네 딸의 아비가 되자 실의를 넘은 짙은 좌절에서 좀체 헤어나질 못했다. 따지고 보면 계순이 딸만 내리 낳은 게 적어도 그녀의 탓이라 할 수는 없겠으나 대를 이은 고정 관념, 그 테두리 안에선 전적으로 그 모든 책임이 출산의 몫을 담당한 며느리에게 있다는 게 흔들림 없는 시모의 판단이었다.

겉으로 딱히 내색은 안했으나 계순을 대하는 시모의 언행엔 은연 중 서운한 기미가 드러났고, 그로인해 계순은 딸을 낳을 때마다 시모의 눈치를 보느라 마음의 앙금이 깊어만 갔다. 계순은 임신 초기의 흔한 입덧조차 조심스럽기만 했고 입에 당기는 걸 찾는 임부 특유의 징후도 맘 놓고 드러내질 못하는 자신의 처지가 서럽기만 했다. 때로 장날엔 혼자 장에 나가 이것저것 입맛에 당기는 걸 찾아 기웃거려 보기도 하지만 그것 또한 마을 사람 누군가의 눈에 띄기 십상이라 이래저래 계순의 심경은 도무지 편편치를 않았다. 얼마 전 장날 기름 냄새 진동하는 시장 한 켠 좌판에 쪼그리고 앉아 정신없이 튀김을 먹고 있는 광경을 목격한 마을 아낙 한 사람이 그걸 곧장 시모에게 옮겨 결국엔 희연의 귀에까지 들어온 걸 보면 계순의 맘은 오죽할까 이해되고도 남았다. 겨울 농한기, 서울 큰아들집에 다니러 온 시모는 큰며느리 희연과 마주한 조용한 시간이면 늘 자신의 마음에 묻어 둔 이야기를 꺼내어 푸념 겸 긴 하소연을 토로함이 상례였다.

계순을 향한 까닭모를 엄격함과는 달리, 큰며느리인 자신을 향한 시모의 애정은 거의 무비판적, 무조건적이라 그 점이 희연에겐 극심한 곤혹감을 안겨주었다. 단지 당신의 첫 며느리이며 아이들을 가르치는 교사이고 거기에 첫 손녀에 이어 손자까지 낳아줬다는 그런 이유만으로 내심 은연 중 편애를 일삼곤 하는 시모의 태도는 희연에게 결코 도움이 안되는 것임을 시모는 알 리 없었다.

게다가 서로 적당한 거리에 떨어져 살며 일상을 함께 하지 않기에 당연히 빈번한 갈등과 대립이 발생하지 않는 것도 자신을 향한 시모의 편애에 한 몫 함을 희연은 알고 있었다. 이래저래 고부간 갈등으로 고통 받고 힘들게 사는 사람은 계순이었고 그것을 해결할 존재는 오직 시모일 뿐임을 알기에 희연은 자주 둘 사이의 중재에 발 벗고 나서곤 했으나 효과는 미미했다.

갸는 대저 딸만 내리 낳은 게 넘부끄럽지도 않다냐. 애를 가졌다고 장터에 쭈글트리고 앉아 혼자 군입정을 허다니! 우리 땐 당최 생각도 못헐 일이다. 뭐시냐. 그란께 나가 둘째를 가졌을 적인디, 하루는 복숭아가 워찌나 먹고 짚던지 지나가는 행상을 불러 보리쌀 한 되 주고 고것을 사먹었단께. 물에 대충 씻어 껍질도 안 까곤 겁나 맛나게 먹고 있는디 마실 갔던 엄니가 삽짝을 들어서는 것이여. 딱 들켰단께. 그 길로 엄니가 내 머리채를 움켜잡곤 동네가 떠나가게 소락데기를 질러쌌는디……. 참말로 혼줄 났단께. 시엄씨도 고렇큼 싸낙빼기 시엄씨는 시상에 둘도 읎을 것이다. 옛일을 회상하는 시모의 낯빛이 더없이 차분하고 담담하여 희연은 그 점이 더욱 놀라웠다. 할머님 진짜 너무 하셨네요. 아니 어머님, 할머님의 그런 고약하고 잔인한 처사, 그냥 참고 사신 거에요? 희연은 마치 자신이 당한 듯 가슴이 벌렁거리고 화가 치밀어 참을 수가 없었다. 아무리 시대가 시대라지만 며느리가 무슨 노예도 아니고, 설사 노예라 한들 그런 식의 야만적 행위는 도저히 용납될 수 없는 일이었다. 희연은 분노로 몸이 부르르 떨림을 느끼며 시모를 향해 반문했다. 긍께로. 근디 워쩌겠냐. 그런 시엄씨 만난 것도 다 내 팔자고 그땐 다 그러고들 살았지 별 수 있었간디. 너무도 허심한 듯 들리는 시모의 말에 희연이 기가 막혀 반문했다. 화도 안나셨나요.

시모가 답했다. 속아지가 나긴 혔어도 식구덜 양식도 딸릴 땐디 그런 짓을 혔은께 내가 참아야지 워찌겄냐. 다신 고렇큼 안컷다고 싹싹 빌곤 싸게 저녁밥 차려 올렸지러. 말도 말어. 싸나운 시엄씨 밑에서 나 고상허고 산 것은 하늘이나 알제 누가 다 알긋냐. 참말로 징허게 징글징글혔은께. 요즘 시집살인 시집살이도 아녀. 시엄씨덜이 되레 메누리 눈치 보고 사는 시상인디, 글안혀……. 서리서리 맺힌 듯한 깊은 한숨을 토해내며 시모가 말했다.

시대를 잘못 타고난 여인들. 이렇다 할 자의식 없이 집안 대대로 내려 온 관습에 따라 핍박과 억압에 묵묵히 순응하며 그것이 곧 아녀자의 미덕이며 도리라고 믿고 살아온 여인들. 그러나 이제 그런 세상은 소멸되었다. 시모도 자신의 척박한 삶, 그 악몽의 기억을 떨쳐내고 변해야만 한다.

그러니까요. 어머님께서 그리 힘든 시집살이를 하셨으니 동서에겐 좀 따스하게 대해주셔도 되잖아요. 어쨌든 어머님 모시고 농사 지으며 그 많은 애들 키우려면 하루 해가 짧고 고달플텐데 되도록이면 동서를 이해하시고 딸처럼 보듬어 주시길 부탁드려요. 저는 맏며느리지만 집안을 위해 아무것도 하는 게 없고 동서 혼자 모든 걸 도맡아 고생하잖아요. 동서 맘이 편해야 제 맘도 편해요. 어머님이랑 동서랑 불화하면 저도 다리 뻗고 못잡니다. 희연은 간곡한 심정으로 시모를 설득하려고 애를 썼다.

희연은 친정 어머니 강 여사가 그토록 맘고생을 강조하며 자신의 결혼을 만류했던 까닭이 해를 거듭할수록 절절히 체감되었다. 사랑의 과정은 실로 녹록찮음을……. 그것은 결혼의 전과정에 걸친 사랑의 실천, 단지 그것의 시작이었을 뿐임을 절감했다. 매일 밤 무언가에 대한 불안과 책무감에 짓눌리는 느낌으로 살아가는 것과 그렇지 않은 것 사이엔 적어도 상당한 차이가 있음을 깨달았다. 한 마디로 늘 뭔가 가슴에 체증을 안고 사는 듯 부채감에 시달리는 삶이란 일상의 작고 소소한 행복감을 앗아가는 크나큰 장애였다.

그러나 장남인 경석이 짊어진 가족에 대한 책무를 나눠지려면, 또한 그가 지닌 삶의 무게로부터 조금이라도 그 중량을 덜어주려면 그건 마땅히 희연이 감당해야만 할 몫이었다. 명절이나 제사 때마다 종일 시장을 돌며 계순과 그녀의 아이들 내의 및 옷을 잔뜩 사들고 시가로 향하는 희연의 발길은 쇠뭉치를 매단 듯 무겁기만 했다. 시모와 함께 산다는 이유로 명절을 포함, 일년에 대여섯 번이나 있는 제사까지 모셔야 하는 계순의 낯빛은 정겨움과 친밀감 중에도 늘 얼마만큼의 불만이 어려 있었고, 그런 모습을 맞닥뜨려야만 하는 희연의 마음 또한 말할 수 없이 무겁고 힘듦은 어쩔 수가 없었다.

어느 해 희연은 과감히 제사를 자신이 가져가겠노라 선언했다. 이왕이면 제사의 주최를 옮겨도 아무런 탈이 없다는 한가위, 추석 명절을 기해 맏이인 자신이 제사를 맡아하겠노

라 단호히 결단을 내린 것이다. 그러나 귀성의 착잡한 심경
과 불편 대신 정작 혼자 떠맡은 제사를 위한 제반 준비 과정
의 모든 것은 생각보다 쉬운 일이 아니었다. 희연은 대학 졸
업 직후부터 교직에 몸담아 왔고 결혼 후엔 시누이 혜옥이
살림을 도맡아 그녀가 애초 살림에 익숙해질 기회란 거의 없
었기에 더욱 힘이 들었다. 제수품 장만을 위해 장을 보는 일
부터 대청소, 김치 담그기, 목기 닦기, 그리고 삼색전 중 고추
전을 부치려 고추씨를 빼는 일부터 토란 껍질을 벗기는 작업
까지, 또한 조기를 너무 익혀 그만 머리 부분이 떨어져나가
꼬치로 간신히 이어붙이는 일 등등. 뭐 하나 쉬운 일이라곤
없어 희연은 완전히 녹초가 되고 말았다.

끙끙 매며 간신히 홀로 차례 음식을 장만한 후 오후에 고
향에서 대거 상경한 시댁 식구들의 저녁 식사며 접대 등으
로 마침내 그녀는 혼비백산, 그날 밤 좀체 잠을 이룰 수가 없
었다. 고추와 토란을 맨손으로 손질하여 밤새 손이 아리기도
했으나, 서울 맏이네서의 첫 제사라 7남매의 거의 모든 식구
들이 상경, 근 20명에 해당하는 가족들이 모여 든 까닭에 식
사 준비며 잠자리 마련에 정신없는 상황을 겪은 때문이었다.
32평의 좁은 아파트에 꽉 들어찬 식구들로인해 번잡은 극에
달했으나 와자한 웃음과 정겨움으로 모두 비좁은 공간조차
서로의 관계를 더욱 친밀하게 하는 계기일 뿐 전혀 불편을
느끼지 않는 분위기였다. 숙박의 편의를 위해 집 부근의 모
텔에 방이라도 하나 잡을까 싶던, 제법 기특한(?) 희연의 의
향은 완전히 묵살되었다. 위쩌어, 걍 차곡차곡 포개서 쪼깐

눈이나 부치고, 여그 앉아 날밤을 새더락두 함께 있어야제. 동상집에 와서 여관잠을 자다니 이게 대체 뭔 소리다냐. 펄쩍 뛰며 만류하는 손윗 시누이들의 반응에 희연도 더는 어쩔 수가 없었다.

정작 차례 준비보단 저녁상이며 술상이며 시댁 식구들의 먹거리 접대에 더 분망하고 고달픈 나머지 밤이 되자 희연은 거의 기진맥진한 상태에 이르렀다. 고향에서 계순이 맡아할 땐 훨씬 더 많은 사람들이 모여들어 온통 법석을 떨곤 했던 지난 제사 때의 일들이 새삼 뇌리에 떠올라 더욱 쉽게 잠을 이룰 수 없었는지도 몰랐다. 모든 일이 자신이 직접 겪어보지 않고는 진정 그 애로를 알 수 없음을 절감하곤 희연은 고추와 토란으로 아린 손가락을 냉찜질하며 한숨 지었다.


고향집에서 제사를 지낼 때면 희연네를 빼곤 형제들 대부분이 가까이에 살아 집안 어른인 시모를 뵙기 위해 통상 가족 전체가 모여들어 무려 근 30여명에 달하는 대단위의 모임이 되기 십상이었다. 하긴 계순의 아이들만 하더라도 딸이 네 명이고, 7남매의 2세들이 모두 한데 모이면 마당을 제외한 건평 고작 30여평 정도의 집안 곳곳을 놀이터 삼아 이리 뛰고 저리 뛰며 북새통을 이루는 아이들의 아우성에 난리도 그런 난리가 없었다. 매끼 끼니 때면 마루며 방마다 여러 개의 상을 펴 빼곡히 둘러앉아 밥을 먹는데, 미처 상 한 귀퉁이도 차지하지 못한 사람은 주로 부엌 한 켠 작은 상에 쪼그리고 앉아 밥을 먹기 일쑤였다. 음식을 만들고 차려내며 부엄 일을 담당하는 계순과 희연이 으레 그런 측에 속했는데, 희한한 일은 그런 옹색한 식사에도 불구하고 직접 농사 지어 가꾼 무공해 재료로 빚어내는 반찬, 여럿이 함께 먹는 음식은 그렇게 맛있을 수가 없었다. 소음과 혼란 가운데도 그렇게나 맛있고 정겨운 식사를 할 수 있다는 것. 희연은 그 점이 참으로 신기했다.

그러기까지엔 매사에 급한 게 별로 없고 느긋하고 천연스럽기만 한 계순의 성격도 큰 몫을 차지함이 사실이었다. 딸아이 넷을 키우면서도 워낙 천성이 유연하고 느슨하여 얼핏 보기엔 나태가 느껴질만큼 태평한 모습이 그녀의 강점이었다. 잔뜩 어지러진 방, 여기저기 늘어져있는 물건들. 정갈하고 깔끔한 성품과는 거리가 먼, 어쩜 시부모 봉양에 네 아이의 양육과 거친 농사일까지. 그녀가 겪는 삼중고의 삶에 애초 그런 것까지 기대함은 무리일지도 몰랐다.

그에 비해 시모는 너무도 바지런하고 손 빠르고 몸놀림이 재빠른 여인임이 고부간 갈등의 화근이었다. 그러나 그건 7대 독자로서 더없이 자기본위적이고 병약한 지아비를 대신하여 빈곤 속 시부모 모시며 일곱 명의 자식들을 건사하고 보살펴야만 했던, 죽지 못해 살아온 고되고 힘든 삶. 그것이 가져 온 뇌수 깊은 곳에 각인된 슬픈 습성일 것이다.

학수고대 아들만을 바라며 끝내 출산을 포기하지 않던 계순이 이윽고 다섯 번째 아이를 가진 그해 가을, 마침내 큰 가마 안에서 자글자글 시나브로 끓어오르던 열꽃이 어느 순간 강력한 화력을 일으키듯 마침내 고부간 갈등이 대폭발로 이어진 일대 사건이 발생했다.

새복에 눈 떠도 하루가 대저 쓸 것이 읎단게.

농사철의 가을 일은 하루가 늦으면 열흘이 늦어진다는 말이 있듯 너무도 짧은 가을 하루, 일은 많고 일손은 딸리고 성질 급한 시모의 속은 까맣게 타들어만 갔다. 꼭두새벽에 일어나 하루 종일을 종종대며 들녘을 쏘다녀도 마당 가득 쌓인 가을걷이는 쉽게 줄어들 기미를 보이지 않고 하늘은 곧 비라도 뿌릴 듯 침침해져 미치고 팔짝 뛸 노릇이었다. 그러나 굼뜬 몸으로 한석이 벼 베는 논가에 겨우 점심 새참을 날라다 준 이후 내내 방에 들어박힌 계순은 어쩌자고 꼼짝도 하질 않아 시모는 부아가 치밀어 참을 수가 없었다.


야, 에미야. 대체 안에서 뭘 허고 있다냐. 이젠 쪼깐 마당에 나와 말린 고추라도 후딱 좀 걷어야 쓰겄는디. 곧 비 쏟아지게 생겼다아. 에미야, 뭣혀~. 급한대로 빨간 고추가 가득 널린 멍석 귀퉁이를 이리저리 말며 시모가 계순의 방을 향해 소리쳤다. 잠깐 낮잠에라도 들었었는지 부스스한 머리털을 매만지며 그제서야 계순이 잔뜩 부은 얼굴로 방에서 몸을 빼져나왔다.

가을일은 미련한 놈이 잘허고, 칠월 신선에 구시월 뱃놈이란 말이 있다. 여름내 고렇큼 신선 노릇혔음 인자 걷어부치고 싸게 일 헐 때도 되얏건만 뭣짝으로다 허구헌날 냅다 잠만 퍼자고……. 참말로 폭폭혀서 못살겄다아. 참말로 못

살겠단게. 계속되는 시모의 질책에 가뜩이나 임신 초기의 끝모를 피로와 과민에 시달리던 계순은 순간 머리 끝까지 화가 치밀었다. 뭔 말씀을 고렇큼 심허게 허셔요. 지가 언지 신선 놀음을 혔다고 그려요. 지나가는 소가 웃을 일여요. 몸 한번 딸싹 하덜 못허고 365일을 종처럼 사는디…… 참말로 인자 더는 이렇큼 못살겠어요. 고추가 널린 멍석을 벌컥 접어 창고 안으로 질질 끌고 가며 계순도 분기충천한 음성으로 악을 쓰며 대들었다.

뭐시 워쩌. 너 시방 고걸 말이라고 혔냐. 새끼덜은 넘보다 곱절은 낳아갖꼬선 신랑은 뼈꼴 빠지게 일 허는디 각시란 것은 죙일 잠 퍼자고 나와 헌다는 소리가 겨우 고따구냐. 자알 헌다, 잘 혀. 이집에서 종은 대저 누구다냐. 으응…바로 나여, 나. 새끼덜이 많아 즈거덜 먹고 살라고 죽으라 일혀줬더만 에고, 분혀서 못살겠다. 참말로 원통허고 분혀서 못살겠어. 이대로 콱 죽어뻐져야제 대체 워찌 살겄냐아…….

애끓는 하소를 토해내며 뒤란으로 사라진 시모는 그로부터 얼마 후 들일을 마친 한석이 마악 집으로 돌아왔을 때, 그때서야 위급의 상태로 발견되었다. 창고에 농기구를 넣으려 뒤란으로 들어선 한석은 입에 거품을 물고 쓰러진 시모의 모습을 보곤 기겁, 곧바로 119를 불러 시모를 싣곤 병원으로 달려갔다. 그나마 한석이 들에서 빨리 돌아온 게 천만다행이었다. 계순과 말다툼을 한 시모는 곧바로 뒤란 창고로 달려가 농약 한 병을 따 벌컥벌컥 마시다간 그대로 곧 정신을 잃고 쓰러졌다. 홧김에 생긴 끔찍한 불상사였다.

요행히 시모는 위세척을 통해 간신히 소생하였으나 집안은 발칵 뒤집혔고 고부간 더 이상은 도저히 한 집에 살 수 없다는 가족회의 결과, 결국엔 서로 분가하기로 결정이 났다. 시모와 계순이 당분간은 서로 떨어져 지냄이 피차 정신 건강에 더 이로울 것이라는 게 가족들의 중론이었다.

독한 농약 성분의 흡입이 남긴 후유증으로 시모는 며칠을 더 병원에 머물러야만 했다. 주말을 이용해 병문안을 간 희연에게 시모가 자신의 처연한 심경을 토로했다.

15살에 꽃가마 타고 시집 와 해 지는 지평선 바라보며 이 마실에서만 70년을 살았지러.

때론 사는 게 징글징글혀갖곤 참말로 워디로 달아나고 잪아도 달아날 데가 없드랑께. 시집 오던 해 열병을 앓았는디 층층 시부모 모시고 살믄서 열이 펄펄 나고 삭신이 무너져도 아궁이 앞에 쪼글뜨리고 앉아 불을 땠단께. 하루는 자고 일나니 쪽진 머리털이 모자맹키로 통째로 쏙 빠져 겁나 무서갖곤 막 울었단께. 막내 시뉘는 손벽을 치며 깔깔대고 웃어쌌고 큰 시뉘가 말읎이 다가 와 수건으로 내 머릴 꽁꽁 싸매주더라고. 빡빡머리가 넘부끄러워 몇 달을 고렇큼 수건만 쓰고 살았은께. 옛일을 회상하는 시모의 눈빛이 차오르는 회한으로 흐려졌다.

휴우, 나 살아온 건 아무도 모를 것이다. 시집와서 본께 시뉘 다섯에 아덜이라곤 달랑 니 시애비 하나여. 시뉘덜이 워찌나 극성맞고 싸납배긴지 외둥이 아덜이 영판 치이더란께. 신랑이라곤 몸이 약해 빠져 빌빌 해쌌고……참말로 폭폭

혀서 못살겠더란께. 쎄빠지게 일혀서 모은 돈으로 겨우 부안
에 땅 사고 새집 사 마악 이사가려고 허는디, 그때 마침 때를
맞춘드키 부안에서 산 타고 공비덜이 내려 와 마을을 죄 쑥
대밭으로 맹그는 사건이 터졌단께. 혀서 쪼깐 꺽정스러워 이
사를 미루고 있는디, 시집 가 부안에서 살고 있던 막내 시뉘
가 즈거가 먼저 거그 땅에서 농사 지으며 함 살아볼틴께 울
더러 찬찬허니 이사오라고 허드라고. 후제 집을 비워줄 중만
알았제잉. 그러드만 끝내 즈거 식구덜이 차지하곤 집도 땅도
끝내 비워주덜 않는 것이여. 환장혀 죽겄지만 피를 나눈 혈
육인디 죽이겄냐, 워찌겄냐. 인자는 거그서 농사 짓고 오래
살드만 영판 자기네 땅으로 알고 내어줄 생각조차 안 헌지
오래 되았단께.

　시모의 말이 사실임은 희연도 신혼 때 이미 파악한 내막
이었다. 신행 인사 차 다섯 명의 시고모 중 가장 막내라는 부
안 고모집를 방문하던 날 경석이 들려 준 이야기는 참으로
믿을 수 없는 내용이라 희연은 기가 막혔다. 아무리 이렇다
할 문서나 서류도 없이 단지 구두로 한 약조이긴 했으나 형
제간 신뢰와 정리를 생각할 때 결코 있어서는 안될 일을 행
한 시누이. 그런 사람조차 다 껴안고 용서하며 살아야 했을
시모의 내면은 과연 어떠했을까. 희연은 더없는 부당함과 분
노에 몸을 떨었다.

　부안 고모의 집은 희연이 한 눈에 보기에도 육간대청 여
느 대감 집의 면모를 갖춘 대단한 규모의 전통 한옥이었다.
정방형의 젎은 마당엔 자미수, 능소화 등 온갖 꽃이 피어있

고 깊고 찬우물이 있고 모든 것이 반지르르 윤이 나는 고아한 저택의 분위기였다. 이 집이 바로 우리집이었는데 고모님이 차지하셨어. 그때부터 우리집이 고생 길에 접어들었지. 농사 지어 애써 모은 재산을 몽땅 투자한 곳이니까. 물론 빚도 얻었지. 그 빚 갚느라 엄니랑 나, 우리 형제들 진짜 고생 심했지. 집을 둘러보며 회오에 찬 얼굴로 경석이 말했었다. 아니 그럼 재판이라도 해서 집과 땅을 되찾아야지 이해가 안 되네요. 희연이 새파랗게 화난 얼굴로 반문하자, 경석이 대답했다. 그럼 남도 아니고 고모넨데 어쩌겠어. 재판은 무슨…그저 시간 지나면 비워주려니 믿고 살다간 세월만 간 거지. 무연히 말하는 경석도, 그렇듯 일처리를 행한 시부모도 희연은 모두 이해가 되질 않았다. 시모의 말이 더 이어졌다.

누군덜 고렇큼 살고잖아 산 사람이사 있겄냐. 타고난 팔자려니 허고 걍 죽은득키 살아온 것이제. 헌디 요즘 것들은 워디 고렇큼 박복허고 고달픈 삶 상상이나 헐 수 있겄냐. 나도 인자 살만큼 살았고 그만 살고잖다는 생각이 당최 떠나질 않혀. 한량없이 지평선만 바라보고 사는 삶도 인자는 참말로 징허다잉. 지평선께가 뻘가니 물들어오면 아궁이 앞에 앉아 하염없이 울곤 혔단께. 내 평생 언지나 여글 벗어날까 눈앞이 캄캄해져갖곤……. 끝이 읎는 막막헌 지평선이 나헌티는 바로 창살읎는 감옥이었은께.

꼭 부여잡은 희연의 손을 놓지 않은 채 시모는 마치 독백을 하듯 자신의 지나간 삶을 되짚어 갔다. 그 사연이 하도 애절하고 신산하여 희연은 몇 번이나 목이 잠겼다. 시모의 손을 잡은 손에 힘을 주며 순간 무슨 말이라도 하여 시모를 위로해야만 한다는 생각이 들었다.

어머님, 이제 고생은 끝, 앞으론 좋은 일만 있으실 거에요. 이제 곧 손자도 보셔야죠. 저 임신했어요, 어머님. 근데 호랑이 태몽도 그렇고 입덧도 그렇고 이번엔 어쩐지 꼭 아들 같아요. 희연은 확신도 없는 말을 털어놓고 있는 자신에 놀랐다. 하긴 50:50의 확률이니 어차피 아들 아님 딸일 것이다. 호랑이를 본 태몽 뿐 아니라 첫 딸 때완 달리 유독 육식이 당기고 웬지 이번엔 아들일 듯한 예감이 있긴 했으나 일단 시모를 기쁘게 하기 위해선 그보다 더한 말도 할 수 있다는 생각이 들었다. 미상불 기운 하나 없이 축 쳐져있던 시모의 어깨가 들썩 움직임을 보이더니 벌떡 상반신을 일으켜 앉으며 목소릴 높였다. 하이고, 에미야. 이게 시방 뭔소리다냐. 너 애 가졌냐. 호랭이 꿈을 꿨담서. 아덜 맞겄다야. 호랭이 태몽은 영락없는 아덜이더랑께. 안골 당숙 아덜이 뭐시냐 판사까정 했잖여. 근디 갸아 가졌을 때 태몽이 호랭이 꿈이었디야. 우리 큰며느리 참말로 장허다, 장혀. 너사 원캉 복뎅이라 아덜도 너끈히 낳을 것이다. 낳고 말고…….

그로부터 시모는 그토록 마다하던 식사며 산책까지 시도하며 돌연 생기를 되찾아 식구들을 놀라게 했다. 그건 희연과 시모만이 알고 있는 비밀이었다. 희연이 장손을 가졌다는 것. 그것이 그토록이나 시모의 삶에 새로운 의지를 부여할 조건인 것인지……희연은 내심 너무도 놀랍고 또한 한 편은 염려스럽기도 했다. 만에 하나 아들이 아닐 경우 지극히 낙

담할 시모의 모습이란 상상하기 조차 두려운 일이었으나 일단은 시모를 소생시키고 볼 일이란 생각에 희연은 모든 불확실성을 접어야만 했다.

농번기를 지나 겨울이 다가올 즈음 결국 한석은 시모와 함께 살아 온 집을 떠나 분가했다.

그래봐야 겨우 담 모퉁이 돌아 골목 끝에 자리한 지척의 거리로 살림을 났을 뿐 한 동네 가까운 이웃이라 크게 서로 소원해질 일은 없었다. 다만 고부간 일거수 일투족을 서로 상관 안 해도 된다는 게 쌍방에 크게 이로움으로 작용되어 피차 심간 편한 나날이 지속된 점은 매우 특기할 만한 일이었다. 한석은 노모가 염려되어 하루에도 몇 번씩 본가엘 들렀고 계순 역시 국이며 밑반찬을 만들면 어김없이 시모에게 먼저 갖다주는 갸륵함을 보여 분가 후 외려 고부간 갈등이 서서히 줄어만 갔음은 다행이었다.

그 뿐인가. 분가한 다음 해 봄 희연의 득남에 이어 마침내 딸 넷 다음으로 계순이 아들을 낳자, 시모는 세상을 다 가진 듯 펄펄 뛰며 환희에 찼고 기꺼이 계순의 산후바라지를 도맡아 하며 온갖 정성을 기울였다. 또한 아이들 다섯에 한석 내외까지 일곱 식구가 보대끼기엔 아무래도 이사 나간 좁은 집보다 그래도 번듯한 본가가 더 살기에 편하다는 이유로 그들은 결국 다시 합가하는 것에 합의를 보았다. 그 모든 일의 진행은 뭐니뭐니 해도 계순의 다섯 번째 아이, 즉 훈이의 존재 때문임은 말할 나위가 없었다. 집안엔 다시 웃음꽃이 피고 화기가 돌았는데 그러한 사실에 누구보다 안도하고 가슴을 쓸어내린 사람은 희연이었다. 호랑이 태몽과 여러 정황상 병석에 누운 시모에게 아들을 가진 것으로 귀띔했던 일이 두고두고 맘에 걸렸었는데 몇 개월 차이로 자신이 먼저 아들을 낳고 연이어 계순이 또 아들을 낳자 뭔가 일이 순탄히 잘 돌아가는 듯한 평온이 느껴졌던 것이다.

훈이의 출생으로 삶의 행복 지수가 높아진 사람은 비단 시모 뿐이 아니었다. 연년생으로 내리 딸 넷을 낳으며 오매불망 아들을 기다려 온 계순은 물론이고 한석은 눈에 띄게 생활 태도가 바뀌어 우선 술을 입에 대면 대취하도록 마셔대던 주사가 사라지고 뭔가 좀 삶에 대한 진지함이 깃든 모습으로 변해감이 놀라웠다.

금자동아, 은자동아, 금을 주면 너를 사며, 은을 준들 너를 사랴……

시모는 훈이 자신의 치마폭에 오줌을 싸도 흔연히 웃었고 심한 투정이나 말짓에도 그저 모든 걸 어여삐만 받아줄 뿐이라 그 위 네 명의 딸들은 단지 훈을 위한 들러리로 존재할 따름인 그런 느낌을 주었다. 어쨌거나 다섯 아이들은 탈없이 튼튼하게 잘 자라났고 한석은 마침내 그들의 교육을 위해 대도시인 J시에 아파트를 매입, 시모와 함께 아이들을 이주시켰다.

지평선 저 너머!! 시모에겐 이윽고 막막한 지평선 너머 아득한 들녘 저 편의 새로운 삶이 시작된 것이었다. 번잡한 도심 시장통 옆의 아담한 아파트. 시모의 새 삶은 다섯 아이들과 함께 그곳을 거점으로 출발했다. 시모의 일생을 통틀어 가장 편안하고도 행복한 시절이 도래한 것이다.

그러나 급식이 없던 시절, 칠순이 다 된 노령에 다섯 아이들의 도시락이며 입성이며 청결이며 아이들 건사가 결코 쉽지만은 않으련만 워낙 농사일로 단련된 시모는 거뜬히 맡은 바 소임을 다하여 주위를 경탄케 했다. 아파트 진입로가 바로 시장통이라 하루에도 몇 번씩 시장을 오가며 다섯 아이들의 먹을 것을 사들였고 열심히 세탁기를 돌리고 청소하고 새벽부터 밤까지 쉴 틈 없는 일과였으나 시모의 모습은 그 어느 때보다 씩씩하고 밝아만 보여 놀라웠다. 뭐시 힘들다냐. 이게 살림이간디, 빠끔살이 같혀. 가족들이 힘들지 않느냐 물어볼 때면 험한 농사일에 비해 오밀조밀한 아파트 안에서의 살림살이란 마치 아이들 소꿉장난만 같다고 답하곤 했다. 아이들이 성장하자 하루에 무려 7개에 달하는 도시락을 싸기에 이르렀으나 시모는 절대 힘든 내색을 하지 않았다.

오직 나날이 훈이가 커가는 모습을 지켜보는 기쁨만이 시모의 모든 것이었을까. 훈이에 대한 시모의 애착과 과보호는 아파트 주민들 사이에서도 이미 소문이 날만큼 유별난 데가 있었다. 동네 아이들과 놀던 훈이 어쩌다 서로 쌈박질 끝에 맞거나 울고 들어올 때면 시모는 불같이 달려가 손자의 역성을 들며 반드시 때린 아이를 혼내주고야 마는 싸납쟁이 할매로 악명 높아 드센 이웃 아낙들과도 종종 마찰이 빚어지곤 함을 막을 수가 없었다.

극성맞은 지지배들 땜시 머스마 하나가 완전 치인단께로.
J시의 현대식 아파트에서 손녀 넷에 손자 하나, 그렇게 다섯
아이들을 양육하는 시모는 늘 그 말을 입에 달고 살았다. 누
나 넷 밑에서 사랑을 독차지하며 자란 훈은 천성 자체가 욕
심이 없고 유순하여 그 점이 더욱 주위로 하여금 귀염을 받
는 대상이 되곤 했는데 시모의 눈에는 외려 그것이 그악스런
누나들 사이에서 알게 모르게 기가 죽어가는 현상이라며 끌
탕을 하곤 했다. 계란 부침 하나라도 훈이의 입에 들어가는
걸 흐뭇하게 바라보는 시모의 태도로인해 손녀들의 불만도
종종 수위를 넘곤 했으나 집안은 늘 시끌벅적 화기로운 분위
기였다.

그 시절이 아마도 시모의 생에 정점을 이뤘던 시기가 아
니었을까. 자유롭고 혼연하고 평화로운 나날. 한석 내외가
농사 지어 보내주는 식량과 생활비로 직접 가계를 꾸리고 장
을 보고 이웃을 사귀고……. 희연은 다만 시모가 도시 아파
트의 노인답게 비녀 꽂은 쪽머리를 싹뚝 잘라 시원스런 커트
형 머리로 변화한다면 모든 게 더욱 조화로울 것이라며 내심
늘 그 점이 아쉬웠다. 머리를 감을 때면 더없이 힘들어 보였
고 숱 없는 긴 머리털을 참빛으로 빗어 내리는 양이 너무도
기이하고 고답적인 모습이라 속이 답답해왔다.

때문에 기회를 봐서 어쩌다 상경하는 시모에게 적극적으
로 커트를 권해보기도 하였으나 시모는 번번이 숱 없고 긴
머리를 틀어올려 비녀를 꽂는 쪽머리를 바꾸려 하지 않았다.
새색시 때 열병을 앓아 머리채가 통째로 다 빠져버린 아픔이

너무도 큰 트라우마로 남아 시모는 도저히 머리만은 쉽게 자를 수가 없노라 말했다. 희연이 결혼하며 시모를 위한 예물로 가져 온 은비녀. 끝내 그걸 애장하며 머리에서 늘 빼놓질 않던 모습. 시모는 그렇듯 끝까지 비녀 지른 쪽머리를 고수했다.

맛있는 걸 사 먹이려 장을 볼 때도 늘 데리고 다니는 훈이에 대한 시모의 그런 유별남 때문일까. 누나만 넷인 집안의 막내 아들인 훈이의 존재는 시장통에서도 유명했고 모르는 사람이 없을 정도였다. 훈이 아직 취학 전이던 어느 여름 한낮, 그날도 시모의 손을 꼭 잡고 장엘 따라간 훈은 복잡한 시장통 한가운데서 감쪽같이 사라지고 말았다. 싱싱한 야채를 고르느라 시모가 잠깐 한눈을 파는 사이 온데간데 없이 실종되고 만 것이었다. 장바구니를 내팽개친 시모는 전신이 땀으로 범벅되어 혼비백산 시장통을 누비며 훈을 찾아 헤매었다. 우리 손주 못 봤소. 우리 손주 못 봤어……! 시모의 울부짖음은 시장통을 흔들었으나 훈이의 모습은 그 어디에서도 찾을 수가 없었다. 떡볶이집, 튀김집, 놀이터, 친구집……아이가 갈만 한 곳은 다 헤매고 다녔으나 허사였다. 어묵 가게 여주인이 얼핏 어떤 남자의 손을 잡고 지나가는 훈이 비슷한 아이를 본 듯도 한데 친척이려니 여겨 그저 무심히 지나쳤을 뿐이라고 전한 말이 전부였다. 경찰서로 달려 간 시모는 온통 눈물 바람을 하며 손주 좀 꼭 찾아달라고 호소했다.
훈이의 실종 소식을 접한 한석과 계순이 득달같이 시골에서 달려왔고 시장을 중심으로 온 데를 돌아다니며 샅샅이 뒤졌으나 훈의 모습은 보이질 않았다. 시모는 식음을 전폐하고 몸져 누웠고 한석 내외도 제 정신을 잃고 J시의 모든 경찰서를 누비고 다니며 아이의 행방을 찾아 나섰다. 늦은 저녁, 집으로 한 통의 전화가 걸려왔다. 기진하여 홀로 누워 있던 시모가 벌떡 몸을 일으키며 전화를 받았다. 여보시유, 여보시유……. 잘 들으세요, 할머니. 지금 훈이를 데리고 있는 사람입니다. 아이를 절대 해치진 않아요. 돈이 필요해서 그러니 우선 3백만원만 좀 마련해 두세요. 낼 오후에 다시 연락하겠습니다. 경찰이나 아무에게도 알리지 말고, 할머니만 알고 계셔야 합니다. 내일 밤 10시 정각. 아파트 놀이터 뒷산 밤나무 숲 벤치로 아무도 몰래 돈 갖고 나오시면 훈이 곱게 돌려 보냅니다. 할머니, 할머니…듣고 계십니까. 잠깐 훈이 바꿀게요. 청년으로 느껴지는 젊은 남자가 곧 훈이를 바꿔주었다.

할머니, 할머니, 저 잘 있어요. 낼 집에 갈게요, 걱정 마세요. 훈이의 음성은 평소와 똑같이 전혀 위축되거나 얼어 있거나 하질 않았으나 시모는 아이의 음성만 듣고도 와락 울음이 터져 말을 이어갈 수가 없었다. 흐…훈아, 저녁은 먹었냐. 왜 이 할미에게 말도 안하고 누굴 따라 워딜 간거. 에고 이놈아, 할민 너 읎음 죽는다, 죽어……. 오열하는 시모의 귀에 다시금 남자의 음성이 들려왔다. 진정하세요, 할머니. 절대 아이는 해치지 않아요. 아, 아자씨이, 늙은이가 뭔 돈이 있겄어라. 시방 내게 있는 돈 몽땅 털면 백만원은 되겄소. 그 돈 몽땅 통장 째로 드릴텐께 지발 우리 손주만은 돌려주소. 지발요. 내가 곧 죽게 생겼소. 갸아 워찌 되면 나가 먼저 죽은께 지발 부탁인디, 시방 당장 돈 갖고 나갈텐께 아이만 돌려주시요잉. 늙은이랑 아이 두 사람 다 죽어블믄 앞으로 살 날 창창헌 젊은이도 뭐시 고렇큼 좋겠소. 낳아 준 부모 생각혀서락두 지발 지발 내 말 쪼깐 들어주소오.

시모의 피끓는 애원에 남자는 잠시 침묵하더니 깊은 한숨과 함께 말없이 전화를 끊었다. 훈아, 훈아…아이고, 내 강생이. 대저 워디 있다냐. 시모는 통곡을 하며 흐느껴 울었다. 그리곤 자리에서 벌떡 몸을 일으켜 손녀들이 다니던 교회를 향해 곧장 달려갔다. 예배당에 나가면 밥을 주냐, 옷을 주냐. 당최 그런 데 나가딜 말어. 평소 계순이 교회 다니는 것도 심히 못마땅해 하던 터에 네 명의 손녀들까지 지 에미를 따라 우르르 교회 다니는 걸 보면 조상대대로 제사를 모셔 온 시모는 속이 터졌다. 그나마 아직 한석만은 흔들림 없이 신앙을 마다함이 다행이랄까. 그러나 시모는 그날 정신없이 교회를 향해 내달렸다. 교회로 들어선 시모는 십자가에 매달린 성상 앞에 주저앉아 주문을 외듯 정신없이 훈이를 돌려달라 기도했다. 눈물, 콧물이 범벅되어 엉망인 노모의 모습을 발견하곤 마침 교회 마당을 나서던 목사가 다가와 사연을 물었다. 시모는 모든 사실을 고백했다.

훈이 할머니, 우리 함께 기도합시다. '주님께 바라는 이들은 새 힘을 얻고 독수리처럼 날개 치며 올라간다' 이사야서의 말씀입니다. 손주 무사히 할머니 품으로 돌아오리라 믿습니다. 목사는 시모를 일으켜 두 손을 꼭 잡으며 오래 오래 기도를 해주었다. 순간 시모의 마음에 알 수 없는 희망과 평화가 밀려왔다. 시모는 목사를 향해 수없이 허리 굽혀 인사했다. 우리 손주만 무사히 돌아온다면 내 꼭 교회를 댕길 것인께. 시모는 몇 번이고 그렇게 다짐했다.

교회를 나와 아파트로 들어서는 발길이 쇠고랑을 찬 듯 무거워 시모는 몇 번이나 가쁜 숨을 몰아쉬며 걸음을 멈추었다. 저만치 사람들이 모여서서 웅성거리는 소리에 자세히 보니 한석의 모습과 계순, 그리고 어느새 훌쩍 자란 손녀들의 모습이 보였다. 무슨 일일까. 시모는 좀 더 동작을 빨리하여 그들을 향해 허위허위 다가갔다. 아, 헛것을 본 것일까. 그들 사이에 분명히 상고머리 머슴애의 모습이 아른거림이 이상했다. 흐…훈아……환영처럼 다가오는 훈의 모습에 시모는 휘청 쓰러질 듯 몸을 흔들며 신음했다. 할머니, 할머니! 순간 머슴애가 쪼르르 시모를 향해 달려오며 소리쳤다. 훈이, 진짜 훈이인 것일까. 시모는 점점 더 흐려지려는 정신을 또렷이 모아 아이가 달려오는 방향으로 시선을 꽂았다. 훈이, 틀림없는 훈이었다.

시상에 참말로 이게가 꿈이여, 새…생시여. 시모는 달려드는 훈을 와락 끌어안고 그대로 훨훨 춤을 추었다. 날개를 활짝 펴고 힘차게 비상하는 독수리. 노모는 순간 한 마리의 독수리가 되었다.

6화

# 눈물의 웨딩마치

실종되었던 훈이가 구사일생 집으로 돌아온 후 스스로의 다짐대로 매주 일요일 시모는 손주들과 함께 교회엘 나갔다. 교리며 찬송가며 아무런 내용도 몰랐으나 예배 시간에 그저 감사 가득한 마음으로 망연히 자리에 앉았다 돌아오곤 하는 게 주일의 임무였다. 절박한 순간 눈물로 맹세한 약속은 꼭 지켜야만 한다는 게 시모의 생각이었고 무엇보다 이젠 훈이를 잠시도 혼자 두어선 안된다는 강박증 같은 게 생긴 때문이기도 했다.

훈이를 납치한 범인은 애초 일정 액수의 돈이 목적이었을 뿐 추호도 아이를 해칠 생각은 없는 인간이었음이 천만다행이었다. 급전이 필요한 시점, 우연히 시장통을 지나다 할머니의 뒤를 졸졸 따르는 훈이의 모습을 보게 되었고 아이의 목에 걸린 반짝이는 순금 목걸이에 눈이 닿는 순간 자신도 모르게 아이에게 다가가 슬며시 손목을 잡아끌곤 급히 시장통을 빠져나온 것이었다. 아가, 너 아이스크림 좋아하냐. 더운디 어디 가서 삼촌이랑 시원한 얼음과자나 하나 먹을까이. 순진무구한 훈이는 얼음과자란 말에 앞 뒤 가릴 것도 없이 단지 인상 좋고 유순해뵈는 마치 삼촌 같은 젊은이를 따라 쪼르르 아이스크림 가게로 들어갔다. 무더운 여름 얼얼히 혀에 감겨오는 달콤하고 시원한 얼음과자는 어린 훈의 혼을 앗아갔고 그후 모든 것은 그저 삼촌의 뜻에 따랐을 뿐이었다. 그만큼 인심 좋고 서민적인 동네에서 방목하듯 키운 마냥 무방비 상태의 양육이 가져 온 결과였다. 농촌에서 태어나 자랄 때부터, 그리고 J시로 이사온 후에도 이웃의 그 누구로부터도 그저 귀염만 받았을 뿐 경계해야 할 대상이라곤 전혀 모르고 살아 온 훈이였기에 어쩜 그러한 행동은 당연한 것인지도 몰랐다.

어느 한 구석 미운 데라고 없는 아이가 일말의 의심도 없이 자신을 믿고 따르는 모습에 젊은이는 가슴 한 켠이 저릿해옴을 막을 수가 없었다. 더구나 전화선을 통해 들려오는 훈이 할머니의 떨리는 음성, 울부짖음이, 일찍 조실부모한 불우한 어린 시절 자신을 키워 준 할머니 음성이랑 너무도 흡사하여 그는 도저히 더는 버틸 수가 없었다. 다만 이제 내일이면 부산으로 내려가 원양어선을 타고 멀리 떠나려는 자신의 노잣돈을 위해 아이를 납치하긴 했으나 애초 아이를 해칠 생각은 전혀 없었다. 도시의 구석구석을 떠돌며 장사, 날품팔이, 노가다 일 등 안 해본 일이 없었으나, 뭐 하나 제대로 되는 일이라곤 없었고 끝내는 고향 친구의 권유로 둘이 함께 원양어선을 타기로 결심했다. 그러나 그간의 밀린 방세 및 주변의 빚을 갚고 나니 당장 부산까지 내려 갈 차비며 필히 구비해야 할 비품조차 구매할 여력이 없었다. 난감한 마음에 가까운 시장통을 찾아 어슬렁거렸고 바로 그때 훈의 모습을 발견한 것이다.

훈아, 너 할매 보고잪냐. 네에. 날이 어두워지면 울할매 온동네 다니며 날 찾거든요. 울할매 진짜 무서요. 동네에서 호랑이 할매라 부르니께요. 삼촌, 나 인자는 울집에 가야 헐 거 같어요. 해맑은 아이의 눈망울에 물기가 어리더니 똑, 하곤 눈물 한 방울이 떨어졌다. 더 이상은 아이를 붙잡아 둘 수 없음을 깨달은 순간 그는 훈이에게 자신의 심경을 솔직히 털어놓지 않을 수 없었다. 실은 훈아, 삼촌이 낼 바다에 가서 배를 타야만 허는디, 차비가 한 푼도 없어라. 훈이가 날 쪼깐 도와주면 안되겄냐. 나중에 삼촌 돈 많이 벌어오믄 갚을텐께 우선 이 목걸이 좀 빌릴 수 있겄냐. 아까 전화론 느거 할매 헌티 당장 돈 갖고 나오라 했다만…… 가만 생각해봉께 노인 양반헌티 못헐 짓하믄 뭐시 좋겄냐 싶어 내 맴을 바꿔 먹었단께. 그의 말에 훈이 눈물을 글썽이며 대답했다.

삼촌 돈 안 갚아도 돼요. 이 목걸이 그냥 줄텐께 언릉 배 타고 가서 돈이나 많이 벌어 와여. 아녀, 삼촌 돈 많이 벌어오면 꼭 너를 찾아볼것인께. 꼬옥 지둘러라잉. 이 목걸이에 새겨진 주소가 느그 집 주소 맞쟈…….

그는 몇 번이고 목걸이에 새겨진 아파트의 동 호수를 확인한 후 훈이를 처음 만난 시장통 입구까지 데려다 주곤 순식간에 자취도 없이 사라졌다. 귀한 손자를 위해 노모가 쌈짓돈을 털어 돌 선물로 마련해 준 미아 방지용 3돈짜리 순금 목걸이. 결국은 그것이 훈이를 되찾게 해 준 셈이었다. 하긴 애초 그것이 아니었담 훈이의 납치 자체가 이뤄지질 않았겠으나 어쨌든 모든 일은 무사히 잘 풀렸고 그로인해 노모는 누구보다 열심히 교회를 다니는 독실한 신자가 되었다. 그 일은 신앙 생활로 그토록 대립하던 계순과의 갈등 완화를 위해서도 참으로 다행한 일이었다.

혜옥의 서울 생활도 어언 3년에 접어들 즈음, 들판의 처녀, 한 마리 야생마와도 같던 그녀의 기질 또한 점차 순응, 체념에 가까운 정제의 단계에 이르고 있음을 희연은 감지했다. 더욱 차분하고 깊어진, 그러나 스치듯 전해오는 한 가닥 근원모를 애상의 그늘이 뭔가 더욱 성숙한 분위기를 느끼게 하는 모습이었다. 그 가을 총기 소지 사건 후 경훈은 더 이상 혜옥을 찾지 않았다. 빈번히 오가던 편지도 점차 뜸해졌고 혜옥의 주변은 뭔가 호젓함이 감도는 분위기로 변해갔다. 어쩐 일로 찬욱 또한 대입시 준비로인해 예전처럼 희연의 집을 자주 드나들지 않음이 더욱 그런 느낌을 안겨주었다. 어쩜 찬욱 부친의 회갑연으로 그의 집을 다녀온 이후 혜옥은 뭔가 더욱 빠르게 자신의 주변을 정리해온 지도 모를 일이었다.

그러나 혜옥의 살뜰한 보살핌으로 유리는 천성적 허약함을 극복하며 나날이 눈에 띄게 잘 자라났다. 혜옥은 옷이며 머리 단장이며 유리를 마치 인형처럼 예쁘게 꾸며 데리고 다

넜고 간식 등 먹을 것도 최상의 것으로 해 먹여 주위에 경탄을 불러일으켰다. 상심과 좌절 속에서도 어린 생명, 그 혈육에 대한 정성만은 더없이 지극하여 동네에서도 조카 바보로 소문이 날 정도였다. 거기에 평소 혜옥의 반듯하고 야무진 성품을 눈여겨 본 동네 어르신들이 다투어 중매를 하겠노라 나선 것은 놀라운 일이었다. 방년 꽃다운 열아홉 살에 상경, 조카를 키우느라 어언 22세가 된 손끝 맵고 똑똑하고 참한 처녀. 혜옥에겐 어느새 그런 꼬리표가 붙어 여기저기서 선을 보자는 청이 줄을 이었다. 하지만 정작 혜옥 자신은 언감생심 아직은 전혀 시집갈 생각이 없어 보였다.

그러나 혜옥이 23세가 되던 해 봄, 아파트 옆 동의 한 노인이 희연을 통해 집요하게 맞선을 주선해 와 도리없이 서로 얼굴만 한 번 보는 것으로, 혜옥은 마침내 끌려가듯 희연의 손에 이끌려 찻집으로 선을 보러 나갔다. 신랑감은 노인과 함께 사는 며느리의 남동생으로 공고 졸업 후 전문대를 나와 포항제철에 근무하는 견실한 청년이었다. 단지 5남매의 장남에 나이가 7살이나 차이 나는 노총각이란 점이 좀 맘에 걸렸으나 결정은 일단 두 사람이 선을 보고난 후의 일이라며 희연은 크게 개의치 않았다.

맞선을 보는 날, 곱게 단장한 혜옥을 데리고 희연은 약속 장소를 향해 출발했다. 마침 봄방학이라 학교 근무가 없는 날로 약속이 잡힌 게 다행이었다. 집에서 멀지 않은 곳의 아담한 찻집을 들어서니 서른 살 정도의 제 나이 꽉 차 보이는 점잖은 모습의 총각이 꾸벅 인사를 하며 자리에서 몸을 일으

컸다. 한윤섭. 키도 몸피도 인물도 그저 그렇게 적당한, 그리 튀지 않고 훈훈해 보이는 선량한 인상의, 그러나 몹시도 수줍은 미소와 찻잔을 잡은 손끝의 떨림에 커피가 찰랑, 넘치는 양이 왠지 포근한 미소를 자아내게 하는 남자였다. 신랑 측은 중매를 넣은 누나와 매형이 함께 나와 찬찬한 눈길로 혜옥을 지켜보며 몇 마디 이야기를 건네었고, 희연은 시종 눈을 내리깔은 채 조신히 앉아만 있는 혜옥을 대신해 신랑을 향해 몇 가지 의례적인 질문을 던졌다. 직장 일은 힘들지 않은지, 고향인 J시를 떠나 타향인 포항에서 혼자 생활하는데 애로 사항은 없는지 등을 물었을 것이다. 아, 네에. 타지에 혼자 나와 있으니 때로 외롭긴 합니다. 솔직한 속내를 토로하며 슬몃 흘리는 웃음이 완전 무공해의 순후한 미소란 생각에 희연은 내심 적이 놀라움을 느꼈다. 적어도 권모술수하지 않고 세상의 때가 덜 묻은 유순한 성품의 사람이라는 생각이 들었다. 그러나 신붓감인 혜옥의 판단은 어떠할지……

맞선 당사자들인 두 사람만을 남겨두고 가족들은 모두 자리를 피해 찻집을 나왔다. 홀로 남겨진 혜옥의 낯빛을 보니 약간의 홍조를 띤 표정이 꽤 밝아보여 희연은 안도했다. 시누이와 올케의 관계지만 근 4년의 세월을 함께 살아와 이제 작은 표정만으로도 서로의 마음을 읽을 수 있는 사이가 된 것이다. 찻집엔 마침 혜옥이 좋아하는 팝송이 흐르고 있었다. 원래는 희연이 좋아하여 사놓은 음반인데 함께 듣다 보니 어느새 혜옥까지 덩달아 즐겨 듣게 된 곡. The Drifters. 미국 5인조 흑인 남성 그룹의 정감어린 음색이 가슴을 적셔

오는, '마지막 춤은 나와 함께Save the last dance for me'. 과연 그는 혜옥과 마지막 춤을 출 상대가 될 수 있을까. 마지막 춤이 끝난 후 혜옥의 손을 잡고 집으로 데려갈, 그렇게 너그럽고 자신감 넘치는 마초적 기질의 멋진 남자일까. 희연은 괜스레 자신의 가슴 한 켠에 까닭모를 설렘 같은 것이 여울져 옴을 느꼈다. 간만에 느껴보는 신선한 감정이었다.

더없이 순정하고 풋풋한 고향 친구, 경훈과의 첫사랑, 그리고 희연의 제자, 찬욱을 향한 애잔한 핑크 빛 연모. 그 모든 것을 뒤로 하고 오늘 만난 그 남자의 손을 잡고 그와 함께 해로의 길을 걸어갈 수 있을지. 뭔지 모를 직감으로 희연은 자신의 맘이 적이 흔들리고 있음을 느꼈다.

희연의 예감은 정확히 들어맞았다. 남자를 만나고 돌아온 혜옥의 얼굴엔 알 수 없는 생기가 감돌며 전에 없는 광채가 아른대는 모습이었다, 어땠어요, 아가씨. 그 남자 맘에 들었나요. 희연이 넌지시 물었다. 뭣보다 우선 참 착헌 것 같혀요. 직장도 안전한 디고 집안도 좋고…나이가 쪼깐 많지만 내 승질머리가 원캉 싸나워갖곤 그 뜻 다 받고 살라믄 나이 차 나는 게 월등 나을 거 같기도 혀요. 나이 어리다는 거 빼고 뭐 하나 내세울 게 없는 나헌티는 쬐깐 과분한 상대 같기도 허네요. 혜옥의 기분은 적잖이 고양된 느낌임이 전해왔다. 한 집에서 오래 살아 온 탓에 그 정도는 서로 충분히 감지되고도 남음이 있었다.

혼사는 믿을 수 없이 일사천리로 진행되었다. 연분은 과연 따로 있고, 혼사란 낙수받이의 물이 다 차기 전에 치뤄야

한다는 옛말이 실감나듯 혼사를 둘러 싼 모든 것이 순탄히 풀려갔다. 그런 연유엔 신랑이 서른을 넘기기 전 서둘러 장가를 보내야만 한다는 신랑 측의 간곡한 바람이 있었고, 무엇보다 타지에서 연애도 한번 못해 본 신랑감이 맞선 후 오직 혜옥만을 자신의 신붓감으로 점 찍어 도무지 요지부동의 고집을 부린 때문이었다. 윤섭은 거의 매주 주말이면 포항에서 고속버스를 타고 상경, 누나 집에 머물며 혜옥에게 데이트를 청해 왔다. 매우 끈기 있고 진국스러운 성격이었다. 얼마의 시간이 흐르자 이윽고 남자의 부모까지 상경, 혜옥에게 따스한 관심과 호의를 보이며 은연 중 그들의 며느릿감으로 점 찍고 있음을 전해왔다. 신랑감의 아버지는 지방 사립 고등학교의 교장이었고 어머니는 전업 주부로 그 지방 유지의 고명딸로 평생을 호강하며 살아 온 고운 티가 온몸에서 풍겨나는 귀부인 타입이었다. 그들은 먼저 자신의 아들과 혜옥과의 궁합을 본 후 매우 흡족해 했고 그로인해 알게 된 혜옥의 생일엔 신촌 이대 앞 양장점으로 며느릿감을 불러내 옷과 구두를 맞춰 주며 온갖 정성을 기울였다. 그날 옷을 맞춘 다음 예비 시부모로부터 신촌의 고급 음식점에서 저녁까지 대접 받고 윤섭과 데이트를 즐긴 후 집으로 돌아 온 혜옥은 발그레 상기된 얼굴로 희연을 향해 말했다. 태어나 그렇게 화목한 가정은 첨 봤다고, 자기 주변에 그토록 점잖고 품위 있고 교양을 갖춘 어른들을 내면한 건 처음이라 니무도 얼떨떨하고 당혹스럽고 두렵기조차 하다고 솔직한 심경을 토로했다. 신랑감 또한 더없이 진중하고 선량하고 반듯하여 도저히 그의 청혼을 내칠 수가 없노라 고백했다.

더구나 자신을 둘러싼 모든 환경과 여건에 불만이 쌓여 되도록이면 고향에서 멀리 떨어진 곳으로 가 살고 싶다는 바람이 있었기에, 아무래도 그 남자와의 혼인을 마다할 이유란 아무것도 없는 듯 하다고 되뇌였다. 경상도 속담에 '신부는 빤스만 입고 시집간다' 란 말이 있다고 허대요. 그란께 신랑측에선 혼수품일랑 암 것도 해올 것이 읎다고 허네요. 포항 신랑 자취집에 엔간한 살림살이는 다 있은께 걍 몸만 오면 쓰겠다고 허는디……. 희연의 의견을 물으며 혜옥은 진심 어린 얼굴로 덧붙였다. 이참에 신랑 부모님 만나며 뜬금없이 이런 생각이 들었단께요. 울 언닌 서울서 곱게 자라고 많이 배운 사람인디 워쩌서 울집 같은 그런 깡촌으로 시집을 와 고생을 해쌌는가, 참말로 시집을 잘못왔단께, 요즘 새칠로 그런 생각을 다 한단께요. 혜옥의 고백을 들으며 희연은 실소를 금치 못했다. 이제 혜옥의 혼인은 오직 진행의 절차만이 남아있음을 희연은 직감했다. 마침 그간 혜옥을 위해 은행에 적립한 3년 기한의 적금 만기일이 다가와 희연은 혜옥의 결혼 비용이며 모든 가전제품 및 살림살이 일체를 장만해 주기로 맘 먹었다.

그렇게 혜옥은 5월의 신부가 되어 고향인 J시에서 성대히 결혼식을 올렸다. 결혼식을 앞두고 자신의 성격대로 이불 빨래며 가구며 온 집안을 깔끔히 청소하던 혜옥이 어느날 냉장고 안을 정리하던 중 갑자기 어깨를 들먹이며 흐느껴 울었다. 그간 오라버니네 살림을 도맡아 하며 손끝마다 와닿던 서러운 정, 뼈아픈 회한이 그예 폭발하고 만 것일까. 그녀의 흐느낌은 점점 더 격렬해만 지더니 급기야는 통곡으로 변해 갔다. 언니헌티 그간 못헐 짓 징허니 많이 혔네요. 미안혀요, 언니이. 먼 데로 시집 가 울 유리도 자주 못 보고 모든 게 꺽 정스러 어쩐대여. 꼭 팔려가는 신부 맹키로 맘이 그러네여. 혜옥은 냉장고 곳곳을 정갈히 닦아내며 소리 내어 울었다. 울음 중간중간 토로하는 혼잣말이 하도 애절하여 듣고 있는 희연 또한 눈시울이 시큰해왔다. 미운 정 고운 정. 돌이켜보면 피차 적잖이 힘들고 고된 세월이기도 했으나 어느새 서로 정이 들어 헤어짐의 정한이 예사롭질 않은 것이다. 꼬모, 어디 가는 거야. 가지 마아. 가면 안돼. 곁에 있던 유리 또한 덩달아 울먹이며 혜옥의 품을 파고 들어 더욱 눈물을 자아냈다.

혜옥의 결혼식 날은 더없이 맑고 화창했다. 그러나 하얀 드레스를 입고 신부 대기실에 앉아 있는 혜옥은 계속 눈물 바람을 멈추지 못했다. 아가씨, 이런 좋은 날 울면 안돼요. 이젠 그만 울어요. 희연은 곁에서 아무도 눈치 못채게 손수 건을 꺼내 들고 혜옥의 눈물을 닦아주기에 바빴으나 소용이 없었다. 안녕하세요. 축하드립니다. 장발의 멋진 사진사가 묵직한 촬영 장비를 들고 신부 대기실로 들어섰다. 어디선가 눈에 익은 모습……언니, 내 동칭, 경훈이 야아 알겠지요. 혜옥이 급히 눈가를 닦아내며 희연에게 설명했다. 아, 오경훈. 혜옥의 첫사랑, 그가 결국 집안의 가업인 사진관을 물려 받

은 것인가. 희연도 반가움에 활짝 웃으며 그를 맞았다. 오랜
만이네요. 우리 아가씨 옛친구가 촬영하니 정말 특별한 작품
이 되겠네요. 잘 부탁해요. 네에. 감사합니다. 모델이 원캉
좋아서요……. 유연한 동작으로 캠코더를 돌리며 경훈이 응
답했다. 가슴 뭉클한 장면이 아닐 수 없었다. 결혼 준비를 위
해 미리 고향으로 내려 간 혜옥이 자신의 웨딩 촬영을 경훈
에게 맡기고 또한 그걸 기꺼이 수락하여 촬영에 임하는 경훈
의 흔연한 태도라니! 두 사람의 서로를 향한 깊은 우정과 배
려에 희연은 그저 감동할 따름이었다. 야아, 신부가 울면 사
진 완전 망쳐븐께 제발 그만 허라잉. 흐르는 혜옥의 눈물을
포근히 감싸주는 경훈의 모습이 훈훈하여 희연은 가슴이 뻐
근해 왔다. 결혼을 기해 몸은 비록 먼 곳으로 떠나가나 다만
옛친구에게 눈물어린 자신의 마음 한 자락만은 선물인양 고
스란히 남겨주고 싶었던 것일까. 스튜디오란 이름으로 읍내
새로 생긴 최신식 사진관 다 놔두곤 굳이 경훈의 사진관을
선택했음은 알다가도 모를 일이었다.

　신부 입장. 힘차게 웨딩마치가 울리며 장남인 경석이 혜
옥의 손을 잡고 식장으로 들어섰다. 긴 레드카펫을 밟으며
천천히 입장하는 경석과 혜옥의 모습을 보는 순간 희연은 전
혀 뜻밖에도 와락 눈물이 솟구치는 자신을 발견하곤 당황했
다. 돌아가신 부친을 대신하여 여동생의 손을 잡고 예식장을
들어서는 경석의 모습을 보는 순간 알 수 없는 슬픔에 희연
은 자신도 모르게 눈시울이 후끈 뜨거워짐을 막을 수가 없었
다. 신혼에 느닷없이 상경한 여동생 혜옥으로인해 그간 누구

보다 마음 고생 자심했을 오라비의 마음이 새삼 가슴을 저며 온 까닭이었다. 전형적 도시형의 성정을 지닌 희연과 거침없는 야생마의 기질인 혜옥 사이에서 두 개체간 화합과 조화를 위해 알게 모르게 애써 온 그의 심고는 과연 어떠했을까. 그러한 사실을 한참이나 어린 시누이, 그녀를 떠나보내는 순간에야 깨닫는 여자. 희연은 그런 여자였다.

예식의 매 순간순간을 카메라에 담기에 여념 없던 경훈이 정작 피로연장에선 전혀 눈에 띄질 않았다. 잔칫집에 왔음 어떤 몫을 맡았건 적어도 국수라도 먹고 가야 하련만! 조금 전 희연의 손에 매달려 식장 안으로 들어서는 유리를 보자, 경훈은 열심히 카메라 돌리던 손길을 멈추곤 반색 하며 유리에게로 다가와 아이의 손을 잡았다. 오매, 니가 유리 맞냐. 겁나게 커브렀네. 덕수궁에서 첨 봤을 땐 고렇큼 울어쌌드만…… 나 알아 보겄냐. 인증샷 하나 남겨야 쓰겄다. 회한에 찬 눈빛으로 경훈은 유리의 모습을 자신의 카메라에 담으며 말했다.

유리를 데리고 희연이 잠시 피로연장을 빠져 나와 패백실로 향할 때였다. 예식장 로비 한켠, 폐백실로 이어지는 좁다란 통로 유리창 밖으로 얼핏 경훈의 모습이 비쳤다. 텅빈 듯 공허한 시선으로 끊임없이 담배 연기를 허공으로 뿜어올리며 한쪽 다리론 퍽 퍽, 온 힘을 다해 아름드리 나무의 밑둥을 걷어차는 기이한 모습! 몇 번이나 반복하여 애꿎은 나무를 향해 발길질을 해대는 모습이 실로 예사롭질 않아 희연은 순간 섬뜩한 충격을 느꼈다. 한때 너무도 좋아했던 여친을 다른 남자에게 빼앗기는 참담함의 표출일까. 아님 그녀의 결혼 사진을, 그 일거수일투족을 낱낱이 카메라에 담아 각인해야만 하는 고통 때문일까. 행여 그와 시선이라도 마주칠까 희연은 황황히 몸을 돌려 통로를 급히 빠져나왔다.

혜옥의 신혼 살림은 당연히 신랑의 직장이 있는 포항에서 시작되었다. 그녀가 입버릇처럼 말해 온, 징허니 징글징글한 고향으로부터 아주 아주 먼 곳이었다. 산 설고 물 선, 아는 이 하나 없는 황량한 항구 도시. 그곳은 혜옥에게 신혼의 달콤함 보단 훨씬 더 큰 외로움과 쓸쓸함을 안겨주었다. 한옥 한 켠에 부엌을 내달아 전세용으로 급조된 듯한 작은 사랑채. 그곳이 그녀의 신혼 아지트였다. 정방형의 좁은 마당 가운데엔 시멘트로 만든 수도 시설이 있어 웬만한 물일은 거기서 다 해결이 되는 아기자기하면서도 탁 트인 전형적 한옥 구조가 혜옥은 맘에 들었다. 서울 오빠네 아파트의 숨 막히는 폐쇄된 공간과는 달리 비록 타향이나마 마당만 나오면 얼굴 마주치기 십상인 주인집으로부터 많은 도움을 받았다. 남편은 포항 시청에 근무하고 나이가 50대 중반인 주인 아주머니는 동네의 지형 지물과 재래 시장, 대형 마트, 버스 노선 등을 상세히 알려주었고 때론 혜옥을 직접 데리고 다니며 안내도 해주어 여간 도움이 되는 게 아니었다.

그러나 제아무리 마당을 함께 쓰는 한옥 구조라 해도 밤이면 불이 환한 대청 유리문 저 안채는 완전 별세계였다. 가족이 함께 TV 보고 담소하며 자잘한 웃음소리 새어나오는 지극히 평범한 한 가족의 일상. 그것이 얼마나 소중하고 귀한 것인지……. 그저 가족으로부터 멀리 도망치는 게 고통의 탈피를 위한 최선의 방법이라 여겼던 철없었던 자신을 돌아보며 혜옥은 어두운 마당 수돗가에 쪼그리고 앉아 한없이 눈물을 흘렸다. 야근이 잦은 남편을 기다리는 시간이 그녀에겐 가장 힘들고 외로운 시간이었다. 과묵하나 속이 깊은 큰오빠, 다소 깔깔한 성품의 올케 언니조차 너무도 그리웠다. 그러나 뭐니뭐니 해도 가장 보고픈 존재는 핏덩이때부터 안아 키운 어린 유리였다. 하루에도 몇 번씩 유리의 모습이 눈에 선해 도무지 일이 손에 잡히질 않는 날이 허다했다.

집 앞 대로변의 공중 전화 박스를 찾아 서울 큰오빠집에 전화를 했다. 언니, 저여요……. 올케, 희연의 음성을 들으니 혜옥은 울컥 복받치는 설움에 목이 잠겼다. 어머, 아가씨, 잘 지내죠? 신혼 생활은 어때요. 오빠랑 한번 가봤어야 하는데…방학 때나 한번 내려가려고요. 전화선을 통해 들려오는 희연의 음성은 여전했다. 늘 단정하고 예절 바른 깎듯한 어조. 그러나 먼 타향에서 들으니 함께 살던 예전과 달리 뭔가 좀 정감이 묻어나는 듯한 포근한 느낌임이 이상했다. 유리가 고모만 찾고 도우미 이모를 안 따라 걱정이에요. 우려 가득한 희연의 젖은 음성이 혜옥의 가슴을 휘저어왔다. 가뜩이나 눈에 삼삼하여 당장이라도 달려가 담싹 보듬어 안아야만 맘이 놓일 듯한 유리의 근황이 그리 좋질 않다니. 매일 아침 울며, 출근 준비에 바쁜 희연의 옷자락을 잡고 놓아주지 않는

다는, 그러다 급기야 어제 아침엔 희연을 쫓다 아파트 계단에서 굴러 이마에 상처가 생기고 말았다는 얘기엔 절로 눈물이 쏟아졌다. 오매, 꽃 같은 얼굴에 상처가 뭔 짝이다요. 워디 크게 안 다친게 천행이네여. 마음 같아선 당장이라도 서울로 달려가고플 만큼 그곳의 모든 것이 걱정되고 그리워 눈물을 줄줄 흘리며 혜옥은 어디가 어디인지도 모르는 길을 따라 마냥 걸어갔다.

나가 미친 여자여. 완전 미쳤나벼. 시상에 어린 거 가찹게 있는 디로 시집을 갔어야 뭔 일 있음 당장에 담박질쳐 가고, 암때나 찾아가 아이를 돌보기도 혔을텐디, 폭폭혀서 이 일을 대저 어찐대여. 혜옥은 가슴을 치며 먼 곳으로 시집 온 자신의 결혼을 후회했으나 소용 없었다. 계속 걷다 보니 혜옥은 자신이 바다 내음 물씬 풍겨나는 부둣가에 다다라 있음을 깨달았다. 포항으로 내려온 지 이제 겨우 두 달째. 그간 한번도 와 보지 못한 곳이었다. 항구 도시라 어딘가에 바다가 있으리란 건 알고 있었으나 스스로 이렇게 오게 되리라곤 전혀 예측 못한 일이었다.

해풍이 불어오는 초여름 저녁. 홀로 낯선 부두를 거닐고 있다니! 혜옥은 갑자기 주변의 그 모든 것이 도무지 비현실적인 가상의 시공으로만 다가와 전율했다. 어디서 와서 어디로 가고 있는가. 내가 진정 원하는 것은 무엇인가. 나는 과연 행복한가. 한 남자. 그를 만난 지 얼마 되지도 않아 사람 하나만을 믿고 먼 타향에 덜컥 내려오기로 한 자신의 무모함이라니!

윤섭은 워낙 심성 유하고 선한 사람이라 남편감으로 딱히 흠을 잡긴 어려운 경우였으나 일면 너무도 과묵하고 진지하여 재미가 없는 남자였다. 더구나 함께 한 시간이 별로 없어 공유할 그 무엇이 아무 것도 없다는 사실이 때론 둘 사이를 너무도 낯설고 건조하게 만들었다. 고향 서해 심포의 흐리고 완만한 물살과는 달리 동해 끄트머리 항구, 그곳의 바다는 사나웠다. 시퍼렇게 날을 세우며 달려오고 달려가는 조류의 세찬 흐름에 혜옥은 오싹 몸을 떨었다. 거칠고 투박한 언행, 도무지 알아 듣기 힘든 억센 방언 만큼이나 근원 모를 두려움을 안겨주는 바다였다.

불현 듯 고향 친구 경훈이 떠올랐다. 결혼식 날 모든 촬영을 마치고 돌아가며 그가 한 말이 내내 가슴을 맴돌았다. 읍내 오가다 너그 집 가는 심포행 버스만 봐도 가슴이 덜컹 한단게. 그럴 적마다 휘파람으로 '그집 앞'을 부르며 널 생각헌다. 부디 옛친구 생각도 쪼깐은 허고 잘 먹고 잘 살어라잉. 널 완전 잊을 때까정 네 사진을 우리 사진관 간판 스타로 올려놓을텐께. 언젠가 그 사진 떼브리는 날이 내가 영영 널 잊는 날일랑가. 더없이 쓸쓸한 미소로 그렇게 말하며 떠나간 경훈. 그의 힘없는 뒷모습을 영영 잊을 수가 없었다.

또한 희연의 제자 찬욱의 모습도 떠올랐다. 설명할 수 없는 남성적 아우라와 야성미가 느껴지던 문청 기질의 강한 듯 섬약한 남자. 그리고 복장을 경영하던, 고인 봇물처럼 눈가에 물기 찰랑이던 그의 형, 찬희. 그저 모두가 그리울 뿐이었다. 단지 허심히 그리울 뿐인 대상들. 그래도 그들이 존재하기에 이 낯선 항구 도시의 외로운 나날을 견뎌낼 수 있으리. 부두의 저녁 바람에 아련한 추억을 날려보내며 혜옥은 집으로 가는 길을 재촉했다. 낼 당장 서울로 올라 가 유리를 데려와야 겠다는 생각에 맘이 적이 급해졌던 것이다.

결국 혜옥은 떠난 지 근 두 달만에 유리를 키우며 살던 서울 큰 오빠의 집으로 돌아왔다. 아파트 진입로 작은 슈퍼에서 유리가 좋아하던 과자와 초콜릿을 사는데 가슴이 몹시 뛰었다. 현관문을 노크하니 누구세요, 하고 묻는 느릿한 말투의 젊은 처자 음성이 들려왔다. 유리 고모에요. 유리야, 고모다아. 순간 약간은 당황한 모습의 처녀가 뜨악한 얼굴로 문을 열어주었다. 긴 생머리의 여위고 파리한 낯빛을 한 그녀의 손에는 볼펜이 들려있었고 유리의 모습은 보이질 않았다. 실례 좀 허께요. 근디 유리는 워딨다요. 자나요? 마루로 올라서며 혜옥이 물었다.

꼬모오, 꼬모오, 으앙~~!! 놀랍게도 철제 샷시로 보호망이 쳐진 5층 창가, 그 좁은 창턱에 서서 하염없이 창밖만 내다보고 있던 유리가 혜옥을 향해 두 팔을 벌리며 와락 울음을 터뜨렸다. 오매, 아가, 이게 뭔 일이다냐. 위험 천만인디 왜 여그 서있냐잉. 담싹 유리를 안아 내리며 혜옥이 물었다. 엄마랑 꼬모 기다리는 거야. 왜 이제 왔어. 유리가 혜옥의 목을 끌어 안고 울었다. 혜옥도 오열했다. 오매, 울 애기, 이게 시방 뭔 짝이다냐. 힐난하듯 처녀를 바라보며 혜옥이 반문했다. 유리가 창가만 좋아해서요. 늘 거기 세워달라고 졸라요. 밥도 잘 안먹고 엄마랑 고모만 찾네요. 작은 상을 펴놓곤 편지지에 깨알 같은 글씨를 빼곡히 메워놓은 처녀가 서둘러 그걸 치우며 해명했다. 둘의 우는 모습에 적이 놀란 표정이었다. 방바닥에 놓인 쟁반 위엔 유리를 먹이다 만 듯한 작은 밥그릇이 보였다. 그릇 가장자리에 바싹 눌러 붙은 적갈색의 밥알들. 아마도 간장과 깨소금, 그리고 참기름에 비벼 준 것임이 분명했다. 그걸 바라보는 혜옥의 눈가가 다시 붉어졌다. 최소한 생선 구이나 계란 말이라도 곁들여 줘야지, 아이의 밥상이 너무도 초라함에 혜옥은 가슴이 미어졌다.

저녁에 퇴근한 희연은 반색을 하며 혜옥의 상경을 반겼다. 그새 몰라보게 배가 불러 와 이젠 누가 봐도 임산부의 태를 감출 수 없는 모습이었다. 마악 혜옥의 혼삿날이 잡힐 즈음 둘째를 갖게 된 희연은 몹시도 여위고 고단한 기색이라 혜옥은 다시금 자책감에 휩싸였다. 하필이면 오빠네가 가장 힘든 때 홀쩍 시집을 가버려 여러 사람 고생시킨다는 자각에 맘이 무거웠다. 일박이일 휴가를 얻어 온 혜옥은 서울에서의 단 하룻밤이 너무도 아쉽기만 했다. 오라버니 경석은 마침 출장 중이라 혜옥은 희연, 유리와 함께 나란히 잠자리에 누워 쌓인 회포를 풀었다. 희연은 한숨을 쉬며 유리를 돌봐주는 처녀의 사연을 들려주었다. 미쓰 오. 그녀는 오래 전부터 친구의 오빠인 한 육사생을 짝사랑하여 그를 향한 적극적 구애를 위해 무작정 지방에서 상경한 간호사 출신의 아가씨였다. 그녀와 먼 인척간이라는 희연의 동료 교사 소개로 유리를 돌봐주게 되었는데, 육아와 가사보담은 매일 육사생에게 연애 편지를 쓰는 일이 하루 일과의 거의 전부였다. 또한 주말이면 어김없이 태능의 육군사관학교를 찾아가 남자를 면회하는 게 서울에 온 유일한 목적인 듯 해 걱정이 아닐 수 없었다.

다음 날 혜옥은 조카 유리와 함께 포항으로 출발했다. 희연의 승낙 하에 당분간 유리를 자신의 신혼집으로 데려가 보살피겠노라 단호히 결심한 때문이었다. 돌보미, 오 양에게 맡기기엔 유리가 너무 안됐고, 또한 임신 중인 희연 또한 육아를 떠나 얼마간 적절한 휴식이 필요하리란 생각에서였다. 고마운 시누이가 아닐 수 없었다. 희연은 시집 식구들의 그러한 속깊은 정, 훈훈한 인간미엔 번번히 감동치 않을 수 없었다. 자신에겐 결코 없는, 자신은 절대 닮을 수 없는 그들의 그러한 일면. 그녀도 자신이 어떤 여자인지는 스스로 알고 있었고 끝내 그들처럼 될 수는 없다는 것 또한 잘 알고 있으나 어쩔 수가 없었다.

아침마다 울며 매달리던 유리가 없는 퇴근길 걸음이 더없이 가벼워 희연은 절로 콧노래가 흘러 나왔다. 더구나 오늘은 금요일. 경석은 야외 필드로 출장 중이고 주말까지 무려 사흘의 연휴가 주어진 것이다. 살다가 잠깐 황금같은 이런 휴식도 있다니! 생각할수록 시누이 혜옥이 고맙고 살갑게만 느껴졌다. 함께 살 땐 더러 격렬히 부딪치며 갈등과 고뇌 속에 힘겨워하기도 했으나 막상 헤어지고 나니 혜옥의 많은 것이 생각나 아쉽고 불안하기 짝이 없었다. 늘 보채던 유리의 존재를 잠시 잊을 수 있음도 덤처럼 주어진 선물이라 여기며 희연은 모처럼 상가와 서점엘 들러 맘에 드는 임부복 한 벌과 한아름의 책을 사 안고 집으로 돌아왔다. 오 양은 유리가 없어 다소 자신의 역할이 줄어든 때문인지 전에 없이 반찬이며 빨래며 집안 청소를 말끔히 해놓곤 희연을 기다리고 있었다. 그러나 그녀가 만든 반찬은 맛깔스런 데라곤 전혀 없어 먹기가 괴로웠다. 나물 한 가지를 무쳐도 더없이 감칠 맛 나게 하던 혜옥의 손맛이 생각나 임신 중인 그녀 또한 당장이라도 포항으로 달려가고 싶은 생각이 굴뚝 같았으나 어쩔 수가 없었다. 대신 향긋한 잉크 냄새 밴 신간 서적을 뒤적이며 그리운 입맛을 다스릴 밖엔 없었다.

다음 날 아침 희연은 매우 느긋한 기분으로 아침도 거른 채 한껏 게으름을 피우며 자리에 누워 있었다. 간만에 독서 삼매에 빠져 늦잠을 잤고 옆구릴 파고 들며 함께 놀자고 보채는 유리도 없는 아침이 달콤한 충일감을 안겨주어 오래도록 그 시간을 만끽하고 싶었다. 순간, 엄마아 엄마아……, 꿈처럼 환상처럼 어디선가 가녀린 유리의 목소리가 들려오는 듯 해 희연은 소스라치게 놀라며 자리에서 벌떡 몸을 일으켰다. 안방 문을 열면 바로 현관이 바라보였다. 오매오매 유리 너 벌써 온겨. 예상외의 출현에 깜짝 놀란 오 양의 음성이 들려왔다. 와락, 안방 문을 열니 말총 머리에 병아리처럼 노란 원피스를 입은 유리가 혜옥의 손을 잡곤 짜박짜박 걸어 들어오는 모습이 보였다. 상황 종료. 그로써 평온한 모든 것은 끝이 났음을 희연은 식감했다. 방으로 들어서던 혜옥이 눈이 퉁퉁 부은 얼굴로 단 하루만의 상경 연유를 털어놓았다. 야아 땜시 폭폭혀서 죽는 줄 알았단께요. 참말로 뛰다 죽을 일여요. 혜옥은 다시 또 눈물을 내비치며 유리로인해 밤새 생고생 한 내막을 털어놓았다.

　포항 혜옥의 집에 도착한 유리는 낯선 환경에 다소 경직된 모습이긴 했으나 워낙 따르는 고모 곁이라 별다른 특이점을 보이진 않았으나 점차 해가 저물며 어스름 저녁이 되자, 그때부터 간간이 울먹이며 엄마를 찾기 시작했다. 희연이 학교에서 퇴근할 무렵이라 엄마 생각이 났기 십상이었다. 그러나 유리의 식성을 잘 아는 혜옥이 맛있는 음식을 만들어 주며 달래자 겨우 나아졌는데 문제는 그 다음부터였다. 워매, 유리 왔냐아. 퇴근하고 돌아 온 윤섭이 대환영의 뜻으로 유리를 번쩍 들어 올려 반기는 순간, 유리는 낯선 남자의 모습에 놀라 그만 아앙, 울음을 터뜨리고 말았던 것이다. 그후에도 유리의 울음은 밤을 새우며 이어져 좁은 신혼 단칸방에서 윤섭과 눈만 마주쳐도 계속 울어대는 통에 혜옥은 아이를 업고 달래며 거의 꼬박 밤을 새웠다. 아침에 되어 윤섭이 출근하자 유리는 겨우 울음을 그쳤으나 뭔가 공포에 질려, '꼬모, 집에 가자, 엄마한테 가자.' 하는 말만 되풀이 할 뿐이었다. 혜옥은 그런 유리의 모습이 서러워 한바탕 통곡을 했고 그리곤 둘이 부둥켜 안고 또 한참을 울었다.

　아이를 서울로 데려다 주는 것 외엔 달리 방도가 없다는 판단에 혜옥은 도리없이 그날로 유리와 함께 다시 상경하게 된 것이 그간의 사연이었다. 혜옥은 그 하룻밤의 과정을 얘기하면서도 줄곧 울음을 감추지 못했다. 정든 조카를 보살피려던 마음이 무산되어 못내 속상하고 아쉬워 흘리는 눈물이었다.

그 다음 해 초봄, 희연은 둘째 아이를 낳았다. 아들이었
다. 시모에게 미리 귀띔한 말이 결코 헛되지 않게 되어 희연
은 우선 그 점에 크게 안도했다. 시모는 하늘과 조상이 내린
큰 선물이라며 뛸 듯이 기뻐했다. 가뜩이나 시모로부터 귀한
맏며느리라며 까닭없이 굄을 받아오던 터에 첫 딸에 이어 둘
째로 아들까지 낳자, 희연에 대한 시모의 편애는 더욱 심해
져 때론 적이 부담이 될 정도였다. 그즈음 포항의 새댁 혜옥
도 마침 태기가 있어 입덧으로 고생이 막심하다는 소식이 들
려왔다. 어느날 희연에게 전화를 건 혜옥의 음성은 분노와
혼란으로 매우 격앙되어 있었다. 언니, 여그 사람들은 워쩌
서 그런대여. 언니도 경상도 출신이지만 그런 편견 당최 못
느꼈는디, 여그 포항은 참말로 무섭단께요. 혜옥이 전해오는
그곳, 포항의 분위기는 희연이 듣기에도 자못 심각한 수준임
이 분명했다.
　5년마다 어김없이 돌아오는 대통령 선거. 그 대선을 앞
둔 즈음이면 매양 묘한 정치적 기류로 으레 민심의 이반, 지
역적 대립 양상이 최악의 상황으로 몰리곤 하는 게 상례이
긴 했으나 항구 도시 포항의 그해 대선 기류는 실로 예사롭
질 않았다. 특정 정치인들이 자신의 당선과 유익을 위해 리
모콘처럼 민심을 조종하는 탓이었다. 완전 타향이라 할 낯
선 곳에서 처음으로 대선을 치르는 혜옥은 마치 맨몸으로 치
열한 격전의 현장에 서 있듯 더없이 두렵고 살벌한 느낌이었

다. 새댁 고향이 어디라캤제. K시라꼬. 그라믄 마 무조건 기호 2번 찍었네. 그토록이나 살갑게 도와주던 주인집 아주머니조차 점차 뜨악한 낯빛이 되어 뭔가 혜옥을 경계하는 눈치였고, 시장에 가서 장을 볼 때도 상인들은 고향 말씨를 그대로 쓰는 혜옥을 결코 고운 눈으로 보질 않았다. 야채값이 허벌나게 올라브렀네잉. 무심코 던지는 혜옥의 말에, 한겨울에 야채값 오르는 기 당연한 거 아입니껴. 됐심더, 마. 안살라카믄 치아뿌소. 평소 낯이 익은 상인들이건만 그렇듯 야멸찬 응답으로 감정 섞인 대응을 보이기 일쑤임이 기이하기만 했다. 어쩌다 타는 택시의 기사들 또한 한 술 더 뜨기 십상이었다. 아지매 고향이 어딥니껴. K시라꼬예. 아구마, 거어 사람들 저거들끼리 똘똘 뭉쳐갖곤 마 억수로 무섭대예. 한 마디로캐서 마 디이 독하다 아입니껴. 그렇듯 어처구니 없는 반응을 보이기 십상이었다.

그런 어이없는 일을 당할 때마다 혜옥은 예리한 단도에 가슴을 찔린 듯 심장에서 피가 팍, 솟구치는 느낌이었다. 낯선 도시, 낯선 길, 낯선 사람들. 어느날 장을 봐 집에 오다 말고 혜옥은 한없이 흐르는 눈물을 닦으며 길가에 망연히 서있었다. 우리 사회 큰 병폐의 하나인 지역 감정. 그것의 정체는 과연 무엇일까. 전화선을 통해 혜옥은 당장이라도 그곳을 떠나 다시 정든 고향으로 가고 싶다며 울먹였다.

아가씨, 그 사람들 그냥 무시해버리세요. 그건 마치 허깨비 같은 거예요. 다만 정치인들이 자신들의 필요와 이익을 위해 민중을 조정하고 선동하는 것일 뿐. 그러다 선거 끝나고 시간이 흐르면 언제 그랬냐는 듯 다시 곧 일상인으로 돌아가기 마련이에요. 희연은 겨우 그렇게 말해 줄 수밖에 없음이 안타까웠다.

우선 경석과 희연, 그들 부부조차 대선이 가까워 올수록 분위기가 점차 묘하고 무거워질 것임이 뻔한 때문이었다. 결혼하던 그 해 대선 때도 경석은 자신의 불편한 심기를 굳이 감추려 하지 않아 희연은 실로 맘고생이 자심했었다. 영남 출신 여자와 호남 출신 남자의 결합. 누가 뭐라해도 소위 순도 높은 가연이련만 유독 선거 때만 되면 알게 모르게 대선 후보자를 둘러싸고 서로 신경전을 펼치며 투명한 내심을 쉽게 드러내지 못하는 무언의 괴리감 같은 것. 그것의 정체는 무엇일까. 특정 지역을 폄훼하고 소외시켜 그에 따른 반사적 이익을 얻으려는 집단은 과연 누구일까. 사회과학적 분석, 정확한 통계에 의한 수치가 아니라, 소위 기득권 세력이 자신들의 부와 권세를 지속하기 위한 방편으로 그것을 적극 표방하여 우매한 민중을 선동하고 고정관념화 시킨 일종의 사회적 통념. 지역 감정의 실체란 바로 그런 것임이 분명했다. 가뜩이나 남과 북이 갈라진 좁아터진 땅덩이에 더욱 깊고 넓게 골이 패여가는 지역차별의 망국적 기류라니. 어쩜 그건 리히터 규모 7.0 이상의 대지진과도 같은 민심의 엄청난 파괴력을 몰아 올지도 모를 일. 희연은 다가올 대선전을 떠올리며 무언가 으스스한 기운에 몸을 떨었다.

헤옥은 그해 겨울 아들을 출산했다. 순산이었다. 대선을 전후한 그 모든 혼란과 갈등의 회오리 속에서도 그녀는 의연히 새로운 생명을 탄생시켰다. 그녀는 아들의 이름을 '영일'이라 지었다. 영일만의 항구 도시인 포항의 아이. 자신의 아들이 태어난 땅에 대한 각별한 애정과 희망, 또한 큰 소망이 묻어나는 이름이었다.

7화

제7화

# 망해사의 노을

　한석이 농사일에 겸해 J시의 떡방앗간을 인수한 것은 그 해 가을일을 거의 끝낸 그즈음이었다. 방앗간은 시모와 아이들이 사는 J시 아파트 인근 상가 1층에 있어 몫이 꽤 좋았다. 농번기엔 농사를 짓고 짬짬이 J시를 오가며 방앗간 일을 한다는 것은 결코 쉬운 일이 아니었으나 점차 커나가는 다섯 아이들을 잘 키우려면 농사일만 해서는 그 뒷감당이 안되기에 부업으로 시작한 일이었다. 그러나 아파트 상가에 있는 상호, '훈이네 방앗간'은 점차 손님이 늘어 부업이 외려 본업으로 전환될 만큼 날로 성업을 이루었다. 덕분에 시모는 장을 보다 심심한 날엔 수시로 한석이 하는 방앗간에 들러 잠깐잠깐 일손을 거들기도 하여 더욱 일과가 촘촘해졌다. 훈이도 이미 취학 아동이 된지 오래라 타고난 근면이 몸에 밴 시모에겐 그보다 더 좋은 일이 없었다. 둘째 아들 한석을 다른 아들만큼 가르치지 못한 게 늘 시모의 마음 한 켠 큰 응어리로 남아 있어 그를 위해서람 그 어떤 일이든 발 벗고 나서지 않을 수 없는 게 시모의 마음이었다. 슬하에 7남매를 두었으나 유독 그들 모자간엔 말로 표현 못할 강하고 끈끈한 그 무엇이 존재했다.

때문에 계순은 그들의 유별난 모자 사이에서 가장 큰 경악과 당혹, 그리고 갈등을 느끼며 살아 온 장본인이 아닐 수 없었다. 한석은 또한 일곱 형제 중 시모에 대해 가장 절대적 애정을 지닌 아들이었다. 그만큼 모든 시련과 애환을 공유하며 함께 살아 온 세월의 두께가 쌓이고 쌓여 긴밀히 이어져 온 관계였다. 한석은 아이들을 돌보느라 고생하는 노모를 위해 최소한 일년에 두 차례 이상 용한 한의원을 찾아 고가의 보약을 지어오곤 했다. 그러나 그런 상황을 지켜보는 계순의 눈길은 곱지 않았다. 나이 든 노인이 평소 너무 몸을 보하면 목숨이 다해 죽을 때 고생한다는 게 그녀의 생각이었다. 그러나 한석의 생각은 달랐다. 옛말에도 있잖여. 잘 먹고 죽은 귀신이 때깔도 곱다고. 고것이 절대 헛말이 아니랑께. 그런 마음을 가진 한석이기에 노모를 위해 보약을 지어올 때마다 그들 부부 사이엔 더없이 차갑고 쌩한 기류가 흘러 급기야 소소한 말 한 마디가 불씨 되어 때론 큰 싸움으로 번지기 십상이었으나 한석의 그러한 효심은 시모가 죽을 때까지 변함이 없었다.

계순의 입상에선 시부모 봉양, 험한 농사일에 아이를 다섯이나 낳아 기른 아내의 건강엔 손톱만치도 관심이 없는 듯한 한석의 그러한 효심이 달갑게 느껴질 리 없었다. 한석의 내심이야 실상 고달픈 아내의 삶을 모를 리 없겠으나 워낙 유교적 가부장제의 삶을 살아 온, 효에 대한 그의 사고와 개념은 모든 대소사의 우위에 있음을 계순은 쉽게 용납할 수가 없었다. 바로 그러한 요소가 그들 가정 내 불화의 원천이었다. 둘이서 오순도순 방앗간 일을 하며 다정히 떡을 빚다가도 툭하면 언쟁을 일삼고 싸움이 일어나는 것도 따지고 보면 다 그런 연유에서 비롯된 것임을 알 수 있었다. 매사에 기민하고 엽렵한 시모는 그들의 그러한 정황을 훤히 다 꿰고 빠삭히 알고 있기에 아들, 한석의 효를 심히 부담스러워 하고 마다하였다.

나이 들어 쓰잘데기 없이 보약 많이 먹어싸면 죽을 때 고상 직싸게 헌디야. 시모는 늘 그 말을 입에 달고 살며 한석을 만류하곤 했으나 소용 없었다.

훈이네 방앗간은 날로 손님이 늘어만 갔다. 직접 농사 지은 쌀과 곡물로 만든 떡은 맛이 좋기로 소문나 점차 찾는 이가 늘어만 갔기 때문이었다. 당연히 사람 안 쓰고 그들 부부 둘이 고생한 만큼 인건비 절약되고 입소문을 타 장사는 날로 번창해갔다. 농번기엔 잠시 방앗간 문을 닫고 고향 본가로 내려가 짬짬이 농사일도 겸해야 하기에 그들의 삶엔 좀체 영일이라곤 없었으나, 그에 더해 야간을 이용, 검정고시학원까지 등록, 마침내 만학도의 꿈을 이루려는 그들의 강한 의지엔 모두 할 말을 잃었다. 말 그대로 주경야독. 돈을 벌어 하고 싶은 일은 오직 공부, 그것 뿐이라는 듯 그들은 혼신의 힘을 다해 온몸으로 그걸 보여주었다. 그러나 시모는 도저히 그들을 이해할 수가 없었다.

애 다섯에 인자 지들 나이 50이 넘었는디 시방 공부는 혀서 뭣헌다야. 새끼덜이나 잘 갈칠 일이제 대체 뭔 짝인지 몰겄다. 시모는 당신의 손주 다섯을 가르치는 일만 해도 제대로 하려면 그게 결코 쉽지 않은 일임이 적이 우려되는 모습이었다.

그러나 한석 내외는 절대 만학의 뜻을 굽히지 않았다. 그간 살아오며 자신들의 삶에서 가장 큰 결핍이며 한이 곧 배움임을 뼈저리게 느낀 그들이기에 그건 그 무엇으로도 대체될 수 없음을 알았다. 징허니 살다본께 돈도 벌고 아들까정 낳았는디 제때 못배운 한. 고것만은 워치케 헐 도리가 읎더란께요. 공부. 고것 붙잡고 인자 죽는 날까정 혀볼 수 밖엔요.

계순의 그러한 마음은 곧 한석의 마음과 일치했다. 순수 향학열만이 아닌 자신들의 한을 풀기 위해 시작한 공부. 그것이 과연 그들에게 어느만큼의 성취감과 만족감을 안겨줄 것인지, 아직은 그 누구도 그에 대해 명쾌한 답을 내릴 수가 없는 상황이었다. 다행히 지방 도시 J시엔 늦깎이, 만학도들을 위한 다양한 수준의 배움 터가 많아 기회를 잡긴 용이했다. 도처에 산재해 있는 각종 자격취득을 위한 학원과 대학들, 또한 대학원들. 그들은 먼저 중학교 수준부터 시작, 검정고시 학원을 통해 차근차근 그 단계를 밟아갔다. 밤잠 아끼며 학습에 전념, 한 단계를 통과하면 또 다음 단계로, 그렇게 그들은 고달픈 만학의 힘든 코스를 한발 한발 디뎌갔다.

그러나 학교든 학원이든 지상의 어느 배움터에서도 사람끼리의 만남과 교류는 필수. 한석과 계순 또한 동급생, 혹은 동아리란 이름 하에 서로 함께 어울리는 친구들이 늘어나기 시작했고 이윽고 그들과 적절히 친교하지 않을 수 없는 상황이 도래했다. 계순의 갈등은 그때부터 시작되었다. 방앗간은 자신의 몫으로 돌리고 한석은 주로 바깥 일을 처리하는 게 그들 부부간 관례이긴 했으나 놀랍게도 어느날 계순은 돌연 반기를 들며 그에 대해 강력한 제동을 걸어왔다.

　　몇 년에 걸친 각고의 노력 끝에 마침내 대입검정고시를 거쳐 그들이 마악 해당 지역 방통대의 신입생이 된 봄, 그 무렵이었다. 기본적인 모든 수업이 온라인 상으로 진행되긴 하나, 신입생 오리엔테이션 및 기타 때론 출석을 요하는 강의나 시험도 있기 마련. 그에 따라 자연히 SNS 등 각종 통신 매체를 통해 같은 과 클래스 메이트끼리 오프라인의 회합과 행사 등이 생겨났음은 당연한 일이었다. 유머 감각, 그리고 뛰어난 언변을 지난 한석은 어느 모임에서나 늘 인기가 좋았다. 반면 한석의 바로 그러한 면이 가장 계순의 비위를 상하게 하는 점이란 것을 주위에 알만한 사람은 거의 다 알고 있었다. 계순에겐 일테면 남편집착증의 경향이 다분했다. 농한기에 마을 상조회에서 버스를 대절하여 야유회를 다녀오던 때의 일은 두고두고 마을 주민들 사이에서 회자되는 일화 중 하나였다.

　　시상에 갸가 뭔일을 저질렀다고 그래 쌌냐아. 마을 사램들이랑 춤 쫌 쪼깐 췄다고 고것이 뭔 고렇큼 아작낼 일이다냐. 매칼읋이 남세스럽게 허덜 말고 에미가 쪼깐 참아야한단 말시.

아이를 업고 마을회관 앞 동구나무 아래 서서 마을 사람들이 탄 관광버스가 와 닿기를 눈 빠지게 기다리고 있는 계순을 만류하며 시모가 혀를 찼다. 뼈빠지게 농사 일 하다 때론 고렇큼 나들이락두 가 신명지게 놀기도 혀야는디…….

남편 한석을 쥐 잡듯 몰아세우는 계순이 못마땅해 시모는 속이 끓었다. 그것도 남들이 다 보는 회관 앞에서 또 한바탕 난리 치를 생각을 하니 온몸에 진땀이 났으나 도리가 없는 일이었다. 층층 무려 다섯 아이들의 어미라 그런 모임에 쉽게 합류하기 힘든 데다, 훈이의 감기로 미처 야유회에 따라가질 못한 아내의 소외는 아랑곳없이 한석은 늘 마을회관에서 행하는 뒤풀이까지 빠지질 않아 계순은 더욱 화가 났다.

그날의 야유회도 예외는 아니었다. 현지에서 시작된 음주가무가 귀갓길 내내 지속되어 마을 회관이 지척에 닿도록 한석과 부녀회원들간 광란의 춤이 이어졌고 관광버스에서 울려나오는 쿵쾅거리는 음악 소리는 온 마을을 뒤흔들 정도로 요란했다. 아이를 업고 동구나무 밑에 서서 그 모습을 지켜보던 계순은 억장이 무너져 내림을 느꼈다. 버스 창을 통해 거나하게 취한 모습의 한석이 이웃집 여자와 신나게 스텝을 밟으며 춤을 추는 광경이 바라 보였다. 농한기에 휴대용 오디오를 상만, 마을회관에 읍내 춤선생을 초빙하여 몇 달간 열심히 춤을 배운 한석은 타고난 끼를 십분 발휘, 나날이 춤이 늘어만 갔다.

문화센타란 게 뭐시 따로 있간디. 요렁콤 춤선상 모시고 와 회관에서 배우면 고것이 바로 문화센탄겨. 한석은 그렇게 말하며 부단히 자신의 취미를 갈고 닦았으나 묘하게도 계순 에게만은 마을 문화센타의 그러한 혜택을 전혀 베풀 생각이 없어 보였다. 계순의 분노는 거기에서 비롯되었다. 그녀도 이제 더 이상은 도저히 참을 수가 없었다. 버스에서 내려 여 흥의 마무리, 에프터를 위해 휘청이는 몸짓으로 마을 회관을 향해 걸어가는 한석을 계순이 완강히 막아섰다. 때마침 계순 의 등에 업힌 훈이가 악을 쓰며 울어댔다.

시방 이거시 뭣들 허는 짓이여. 모다 정신들이 빠졌단께. 고렇큼 넉빠지게 놀았음 인자 그만 집으로들 가는 게 옳은 일이제 다들 미쳤단께. 당장 가잔말씨. 계순이 언성을 높이 며 한석의 팔을 와락, 잡아 끌었으나 역효과였다. 대취한 한 석이 적반하장, 고질라처럼 분노를 터뜨리며 계순을 질질 잡 아끌어 논두렁에 꼬라박고 말았던 것이다. 시모가 달려와 겁 에 질려 우는 훈을 들쳐 없고 계순을 달래 집으로 데려가는 것으로 일은 겨우 일단락 되었으나 그 후유증은 컸다. 동네 한 가운데 온 마을 사람들이 지켜보는 앞에서 망신을 당한 한석의 분노는 쉽게 사그라들질 않았다. 아니나 다를까. 끝 내는 그의 고질병이라 할 주특기, 출가에 관한 갈망을 들먹 이기에 이르렀고, 그로인해 혼비백산한 계순이 결국 백기를 들고 사과함으로써 일단 결론이 나긴 했으나 집안 분위기는 한동안 냉랭하기만 했다.

춤을 배워 워디 카바레 출입허는 것도 아니고, 동네 사람

덜끼리 술 한잔 먹고 그냥 노는 것인디 고것도 못허게 허믄 당장이락두 절간에 가 혼자 도나 닦고 살아야제 벨 수 있간. 몇 날 며칠 단식하며 밖으로만 나도는 한석의 시위에 행여 또 그가 어느 절간으로 잠적해 버릴까 두려운 계순이 싹싹 비는 것으로 일은 끝이 났다. 그러나 두 사람 사이의 짙은 앙금은 쉬이 사라질 수가 없었다. 한석의 가부장적, 마초적 사고방식을 그대로 수용하기엔 계순의 의식이 월등 앞서 있었고, 무엇보다 그녀가 한석에 매우 집착하며 그를 많이 좋아한다는 증좌이기에 어쩔 수가 없었다.

시모는 어쩌다 서울 큰아들집에 다니러 오면 그 모든 사건의 전말을 희연에게 전달하며 아들, 한석을 향한 계순의 과한 질투를 탓하곤 했으나 희연은 시모의 입장에 선뜻 동조할 수가 없었다. 훈이 에민 투기가 넘 심하단께. 자고로 옛적부텀 투기도 칠거지악의 하나라고 혔다. 훈이 애비, 갸가 어릴 적부텀 뼉다구 아프게 일만 했은께 시한엔 쪼깐 마을 사램들과 어울려 춤도 추고 노는 거사 안사램이 더러 모르는 척도 허줘야제 뭐시 워쩌서 그냐. 혀도혀도 어쩔 적엔 훈이 에미가 넘 징허게 헌단께. 아, 고렇큼 투기 않고 넘들처럼 춤추고 놀라믄 새끼덜을 쪼께 낳던지…… 글안혀. 어머님, 동서가 데리고 온 자식들도 아니고 둘이서 함께 낳은 거잖아요. 그럼 육아도 서로 도와가며 함께 해야죠. 시모의 말에 희연은 난지 그 성도의 반응을 보일 뿐이었으나 내심은 늘 당신의 아들을 중심으로 생각하는 시모의 어쩔 수 없는 사고에 어이가 없을 뿐이었다.

희연이 교직을 그만 두고 경석을 따라 몇 년간 해외에 머물다 돌아 와 이런저런 곡절 끝에 일간지 신춘문예로 등단, 늦깍이 작가가 된 것에 대한 시모의 반응도 그와 유사했다.

뭐시냐, 에미야, 그 좋은 선상질을 워쩌서 그만 둔겨. 쬐깐만 더 했음 평생 연금 받고 너그덜 늙어 죽을 때까정 편히 살 수 있을 판인디. 까짓 글 써갖고선 돈을 을매나 벌겄냐. 애들 간식비나 나온다냐. 시모는 적이 심기가 불편한 얼굴로 몇 번이고 그렇게 희연을 향해 반복해 말하곤 했다. 하긴 시모의 말은 정확히 맞았다. 글을 써서 돈 벌 재주까진 없는 희연이라 아무런 반박도 못한 채 그저 희미하게 웃어 보일 뿐이었다. 스스로 생각해도 한심하고 자괴심이 드는 건 사실이기에.

그런 시모에게 뒤늦게 만학을 한답시고 학교엘 나가며 다시금 충돌하고 부딪치며 집안을 시끄럽게 하는 아들 부부가 마땅할 리 없었다. 아, 워쩌서 근다냐. 인자는 둘이 똑같이 핵굘 댕기는디 지도 인자 동무도 사귀고 놀러 댕기고 하믄 될 것이제 뭣땜시 또 난리다냐. 애들은 시에미가 다 돌보고 있는 판인디. 시상에 참말로 알다가도 모를 일이다. 시방은 돈이 많아 벨짓을 다 하고 다니는 세상인디, 돈이 원수란께. 뭐 땜시 비싼 돈 내고 핵굘 다니며 쌈박질만 해쌌는지 소가 웃겄다야.

시모는 도무지 이해가 안된다는 입장이었다. 그러나 계순의 생각은 또 달랐다. 방앗간을 개업한 이상 고객의 인식, 배려를 위해서라도 웬만하면 문을 닫아선 안되며 두 사람 중

하나는 되도록 그걸 고수해야 한다는 게 계순의 판단이었다. 이래저래 한석을 향한 계순의 불만, 갈등이 고조되어 집안의 평화가 흔들릴 즈음, 시모가 뜬금없이 며느리 네 명에게 망해사 나들이를 제안해 왔다. 전혀 예상 못한 뜻밖의 일이라 모두 좀 어안이 벙벙했으나 감히 어느 며느리도 시모의 권유를 마다할 사람은 없었다.

어느 가을 하루, 매우 맑고 청명한 날이었다. 계순과 막내 동서, 미정은 K시 인근에 살아 동행에 문제 없었고, 멀리 장성에 사는 수현은 워낙 운전을 잘하고 기동성이 있어 상관없었다. 다만 서울에 사는 희연만이 기차나 고속버스를 타고 내려가 합류하면 될 일이었다. 일테면 집안 여자들만의 소풍인 셈이었다. 자연히 시모를 모시고 살며 방앗간을 하는 계순이 먹을 것을 담당, 떡을 비롯한 갖가지 음식을 장만하였고, 수현과 미정이 각각 그들의 차에 일행을 나눠 태워 망해사를 향해 달려갔다. 다들 시모의 의중을 알 수 없어 내심 좀 의아했으나 망해사의 가을은 고즈넉한 정적 속 더없는 운치가 있어 소풍지로선 최상의 장소라 할 만 했다. 시모의 낯빛엔 시종 혼연한 기운이 감돌았고 네 며느리들 또한 저마다 좀 상기된 표정 속에 동서들만의 첫 나들이가 적이 이채롭게만 여겨졌다.
망해사 가는 길, 하얀 껍질의 대형 조개, 백합으로 유명한 심포항엘 들려 잔잔히 뒤척이는 만경강 하류와 서해 바다, 그 두물머리 잿빛 물살을 감상한 후 껍질 채 푹 삶은 백합 한

봉지를 사들곤 절터로 향했다. 드넓은 김제평야를 지나 서해로 흘러드는 만경강 하류. 흐느적 몸을 뒤치는 하구의 고요한 강줄기가 마침내 바다와 맞닿아 하나 되는 곳. 바로 그곳 야산 둔덕에 호젓이 바다를 굽어보며 홀로 적요를 삼키는 조그만 사찰이 있었다. 망해사. 더없이 고아한 정취나 절터 전체를 휘도는 짙은 쓸쓸함의 정체는 무엇일까. 근원을 알 길 없는 의문에 희연은 내내 그 쓸쓸한 기운을 떨쳐내려 애쓰며 몇 바퀴나 사찰을 맴돌았다. 낙후된 마을 한 켠에 자리한 작은 사찰. 소외된 지역, 이름 없는 마을이기에 제아무리 빼어난 경관도 그 진가를 인정 받지 못한 채 쓸쓸히 잊혀져만 가는 망실의 슬픔. 희연은 사찰을 싸고 도는 호젓함의 근원을 나름 그렇게 정의하며 시모가 자리잡은, 선조 22년 진묵대사가 재건했다는 낙서전 앞 수령 400년의 유서깊은 팽나무 뒷산으로 걸음을 옮겨갔다. 기실 알 수 없는 허허함의 발원은 자신의 내면에서 비롯된 것은 아닐지……. 시가의 한 솥밥을 먹은 지 십수 년째. 이제 어느만큼은 서로의 특성을 파악하고 마음을 알고 헤아릴 수 있는 연조가 된 것. 집안 행사나 제사 때면 7남매가 모두 모여 떠들썩 웃고 어울린 햇수만도 얼마인가. 그러나 저 까마득한 신행의 밤 이후 아직도 이곳에만 오면 문득 소적함을 느끼곤 하는 이 정조는 대저 무엇일까. 이즈음 부쩍 소원해진 경석과의 냉전으로 인해 더더욱 그러한 것은 아닐지…….

그러나 계순이 준비해 온 성찬에 연신 감탄하는 동서들에 묻혀 희연 또한 어느새 완전히 그들과 하나가 되었다. 곱게

빚은 온갖 떡과 과일, 층층 찬합에 정갈히 담긴 각종 반찬과 오곡 찰밥. 가마솥에 푹 삶아 건져 온 토종닭, 등 너무도 푸짐한 풀밭 위 향연이었다. 신혼 때부터 시부모를 모시고 살아 온 계순의 음식 솜씨는 빼어났고, 특히 희연은 그녀가 만든 모든 음식이 자신의 입맛에 맞다고 생각해 온 터라 여간 즐거운 자리가 아니었다. 웃고 떠들고 먹고······한창 분위기가 무르익어 갈 즈음, 어느 아낙이 떡이 가득 담긴 함지박을 이고 그들 곁으로 다가왔다.

할매, 참 딱딱허니 곱게도 생기셨소. 근디 복도 징허니 많은갑소. 이 사램들이 다 할매 딸들 같은디 모다 참말로 예쁘요잉. 아낙이 머리에 이고 온 함지박을 내려놓으며 엉너리를 쳤다. 하이고, 딸들 아녀요. 우리 메누리들이란께요. 아들이 넷인디 오늘은 메누리들만 델꼬 소풍 나왔으라우. 오메, 그려요잉. 메누리들이 참말로 모다 참 참허네요.

아낙의 출현에 가장 먼저 눈살 찌푸리며 거부 반응을 보인 사람은 희연이었다. 보아하니 떡을 팔러 온 동네 주민 같은데 떡은 이미 계순이 해 온 것만으로도 너무 많아 전혀 아낙이 끼어들 틈이 없다는 게 그녀의 생각이었고, 공연히 남의 집안 나들이에 한 다리 걸쳐 이러쿵저러쿵 말을 섞어오는 태도가 영 맘에 들질 않았기 때문이었다. 점심은 먹었소? 떡 보따리 이고 여그꺼정 오니라 힘들턴디 이거락두 좀 드심서 쉬었나 가소. 시보가 식혜와 한과를 권하며 쉬어가길 권하자, 과일을 깎고 있던 수현이 얼른 배 한 쪽을 베어 아낙에게 건네었다. 계순은 마치 늘 보아 오던 이웃집 아지매를 만난 듯 그저 특유의 무던한 태도를 보였고, 농협에 다니는 막내 미정은 다소 새침한 낯빛으로 마치 속수무책의 고객을 대하듯 눈을 가늘게 뜨곤 웃어보였다.

글고 여그 떡 좀 내놓고 가소. 만원 어치만 걍 알아서 주시오. 뭐시냐, 모시떡이랑 여그 없는 것으로다 쬐깐만 주면 된께. 시모가 당신의 치마를 끌어올려 고쟁이 주머니에서 만원짜리 한 장을 꺼내 아낙에게 주며 말했다.

고맙소잉. 참말로 고맙소. 낼 울 아덜이 뭐시냐, 수학여행을 간다는디 그 여비락두 장만헐까 허곤 나섰는디 좋은 할매 만나 횡재를 혔소. 복 받을 것이요잉. 참말로 복 받겄소. 과일과 한과 몇 쪽, 그리고 식혜 한 사발을 들이킨 아낙이 떡이 담긴 함지박을 머리에 이며 몇 번이고 그렇게 감사를 표한 후 멀어져 갔다.

어머님, 떡이 이렇게 많은데 떡을 또 뭐하러 사요? 그걸 다 어쩌시려고요. 다소는 어이가 없는 낯빛이 되어 희연이 짐짓 시모를 향해 그렇게 말했다. 무건 떡을 이고 여그까정 올 때는 그 맴이 오죽혔겄냐. 뭐락두 하나 사주고 돌려보내야제 걍 빈손으로 보내믄 쓰겄냐. 고렇콤 혀서 쓰겄냐고오. 시모의 낯빛엔 아낙을 향한 연민의 빛이 가득했다. 그리곤 잠시 후 다시 나직한 음성으로 말을 이었다.

나 살아온 것 고렇콤 징허다 혀도 그려도 뭣이든 머리에 이고 나가 팔아본 적은 읎은께. 그저 먹을 건 읎는데 새깽이들은 많고 층층 시하에 허리 한번 펼 날 읎이 살아온 게 징혀서 그라제. 글고 자식덜이 많은께 언지 한번 다리 뻗고 잘 세

읎이 맴이 늘 펀허덜 않고 한 시도 맑은 날이 읎는드키 살아
왔단께. 저 흐릿헌 강이 꼭 내 맴 같았어야. 그려도 강을 다
건너고 나믄 언진가는 좋은 꼴 보고 살 때도 있겠지 허는 맴
으로 이를 악물고 살았은께. 근디 너그들 다 잘 사는 것 본께
인자는 원도 한도 읎다. 헌디 암튼지간 끝까지 잘허고들 살
아야 헐틴디 그거시 또 걱정이다!

흐린 만경강 물살을 아득한 눈길로 바라보던 시모가 문
득 긴 한숨을 내쉬며 말했다. 딸들은 차치하고라도 집집마다
돌아가며 늘 티각태각 부부 싸움을 하곤 하여 시모의 마음에
시름을 안기는 네 아들의 미래가 자못 염려스런 것일까. 시
모의 눈빛엔 무언가 짙은 우려의 빛이 어른거렸다.

그러나 다시금 곧 평상으로 돌아 온 시모가 뜬금없이 계
순에게 노래 한 곡을 청했다. 밥도 맛나게 먹었겄다, 훈이 에
미 오늘 창가 한 가락 혀볼쳐. 울 둘째 메누린 영락읎는 가수
란께. 시모의 간곡한 청에 계순이 마지 못한 듯 자리에서 몸
을 일으켜 노래 한 곡을 불렀다. 그녀의 시선이 팽나무 그늘
아른대는 야산 저쪽 이름모를 무덤가로 날아갔다.

낙양성 십리허에, 높고 낮은 저 무덤에
영웅호걸이 몇몇이며 절세 가인이 그 누구냐~~
우리네 인생 한번 가면 저기 저 모양 될 터이니~~~

갓 볶아 짜낸 기름처럼 매끄럽고 구수한 계순의 노래는
가히 마을 노래자랑에 나가 대상을 탈 만한 실력임이 충분했

다. 그 정도의 노래 실력을 묻은 채 집안에만 못박혀 살아야
하는 계순의 심경 또한 헤아려졌다. 지화자, 조오타!! 순간
시모가 벌떡 일어나 덩실덩실 춤을 추며 계순의 민요에 맞춰
장단을 넣었다. 활달하고 선선한 성격의 수현 또한 시모와
함께 빙글빙글 돌아가며 흥을 돋웠다. 형님, 형님도 언릉 춤
좀 춰봐요. 수현이 와락 희연의 손을 잡아 일으키며 춤을 부
추겼다. '춤추고 싶은 둘째 동서 맏동서보고 춤추라 한다' 는
옛말이 떠올라 희연은 웃음을 터뜨렸다. 희연 또한 하릴없이
자리에서 일어나 흥겹게 박수를 치며 호응했고, 다만 미정만
이 발그레 붉어진 얼굴로 그들이 하는 양을 바라보며 수줍게
웃을 뿐이었다. 시모의 춤은 전혀 다듬어진 춤사위는 아니었
으나 나름의 끼와 흥, 그리고 삶의 애환이 짙게 배어나는 신
명어린 몸짓이라 절로 따라하지 않을 수 없는 그런 춤이었
다. 한석의 끼는 분명히 노모로부터 물려받은 DNA임이 분명
하단 생각에 희연은 실소했다.

　오늘 여그 소풍 와갖꼰 뭐시냐, 그 스트레슨가 뭐시깽인
가 몽땅 다 풀고 간다야.

　나 젊었을 적엔 스트레스가 다 워뒀다냐. 몸땡이 고된 층
층시하에서 밥도 제대로 못 먹음서 일만 쎄빠지게 해싸도 고
것이 뭔 말인 줄도 모르고 살았는디 요즘 것들은 툭 하믄 스
트레스 받아 죽겠다고 양광들을 떨어쌌께 나도 오늘 쪼깐 그
말 좀 써먹어야 쓰겄다. 만경강 하굿둑, 저 흐린 물에 내 쌓
인 스트레스 다 내쏴뿌고 인자 훌훌 날아가야 쓰겄다.

　시모는 훨훨 나는 춤사위로 한참을 더 신명지게 춤을 추

었고 계순의 노래는 메들리로 계속 더 이어졌다. 더없이 뭉클하고도 순도 100프로의 감동어린 순간이 아닐 수 없었다. 어느 여흥, 어느 비싼 공연이 그리 짙은 감동을 안겨줄 것인가. 계순의 노래와 시모의 춤은 그날 소풍의 피날레이자 압권이었다. 회연의 눈가엔 일순 까닭모를 물기가 배어났다. 춤추는 시모에게로 다가가 앙상히 야윈 어깨를 꼭 보듬어 안았다. 울 큰메누린 언지나 얼굴이 핀다냐. 노란 탱자처럼 여위갓꼬선. 참말로 딱혀. 그 뭐시냐, 아그덜 찬값도 안되는 글 쓴다고 오지게 고생만 허고. 참말로 내 가슴 찢어진단께. 핵교도 좋은 델 나와갖곤 워쩌서 고렇큼 산다냐, 참말로 폭폭혀 죽겠당께. 그 좋은 선상질은 워쩌서 그만 둔겨. 외국 다녀와 새칠로 또 할 판인디.

으레 나오기 마련인 시모의 18번 하소가 또 시작되고 있었으나 회연은 그저 말없이 웃으며 시모를 안은 팔에 더욱 힘을 줄 뿐이었다.

어느새 만경강엔 노을이 지고 있었다. 망해사, 절터를 휘감아오는 노을은 근원 모를 비감을 자아낼만큼 찬연하여 회연은 가슴이 서늘해왔다. 일행은 모두 자리를 걷고 일어나 불과 얼마 떨어지지 않은 고향집을 향해 차를 몰았다. 초저녁 잠에 빠진 시모 곁으로 네 동서가 도란도란 밤 늦도록 이야길 나누다 잠이 들었다.

다음 날 아침 일찍 서울로 출발하려는 회연을 만류하며

시모가 돌연 네 며느리들에게 K시 시내 구경을 가자며 채근했다. 1박2일 일정으로 모였으니 점심을 먹은 후 헤어져도 무방하다는 게 시모의 생각이었다. 전에 없이 강경한 시모의 태도에 며느리들은 모두 좀 의아한 낯빛이었으나 도리없이 시내로 동행하지 않을 수 없었다. 시모는 시내에 닿자 마자 번화가에서도 가장 규모가 크고 화려한 금은방으로 며느리들을 데려갔다. 뭐시냐, 나가 시방 그간 모아논 돈이 솔찮여. 근디 이 나이에 고것을 다 워따 쓰겠냐. 니들 그간 돈 읎는 집 시집와 직싸게 고상들 혔은께 나가 시방 정표로 뭐시든 한 개썩 해주고잪아 여글 델꼬 왔단께. 맘에 드는 반지나 한 개썩 골랐음 쓰겄다. 순금 반지 한 개썩 고르도록 혀라잉. 닷돈짜리로혀! 다 뜻이 있은께. 난데없는 시모의 말에 모두 어안이 벙벙, 네 며느리는 모두 아연한 얼굴로 서로 마주 볼 뿐이었다.

언릉 한 개썩 고르란께. 에미야, 넌 워쩐 게 젤로 맘에 드냐. 느닷없는 시모의 제안에 가슴 한 켠이 뻐근해 와 어쩔 줄을 모르는 희연의 손을 잡아 진열장 앞으로 이끌며 시모가 재촉했다. 어머님, 그 돈, 어떻게 모은 돈인데 저희에게 쓰셔요. 저휜 반지 없어도 되는데요. 희연이 정색을 하며 마다하자 나머지 동서들도 다들 희연의 생각에 동조했다. 워쩌서 내 맴을 고렇큼들 모른다냐. 이런 디 쓸려고 돈 모았지 뭐더러 돈을 모았겄냐. 고것이 다 그간 니들이 내게다 준 용돈이여. 이따 점심 먹음서 다 야그헐틴께 우선 싸게들 고르란께. 시모의 고집은 아무도 쉬이 꺾을 수 없음을 잘 알기에 네 며느리는 말없이 진열장을 들여다 보며 열심히 금반지 하나씩을 골랐다. 네 며느리 모두 자신의 손가락 사이즈에 맞고 취향에도 맞는 반지를 고를 수 있어 다행이었다. 다섯 돈의 금반지는 손가락에 상당한 무게감을 느끼게 하는 중량이었다. 희연은 순금 대신 정교한 무늬가 박힌 두 개의 둥근 원이 뫼비우스의 띠처럼 서로 꼬여있고 상부에 자잘한 큐빅이 박힌 매우 정교한 디자인의 14K 반지를 골랐다. 가격은 거의 비슷했으나 모두 자신의 마음에 드는 걸로 고른 셈이었다.

시모는 더없이 흡족해 했고 희연의 권유로 모두 결혼을 의미하는 네 번째 손가락, 약지에 번쩍이는 금반지 하나씩을 끼곤 점심을 먹으러 식당으로 몰려갔다. 멀리서 온답시고 소풍 준비물로 아무것도 준비해 오지 못한 미안함, 또한 시모에 대한 고마움으로 밥을 사겠다는 희연의 뜻을 마다할 사람은 없었다.

조용한 한정식집을 찾아 모두 자리에 앉자, 비로소 시모가 입을 열었다. 오늘 내가 혀준 반지는 말허자믄 너그 내외덜 둘이 살다 험한 꼴 보드락두 갤대 헤지믄 안된다는, 이혼금지 반지란께. 알긋냐아. 기냥저냥 둥글둥글 모나지 않게 서로 이해해 가믄서 오래오래 잘 살어야 헌다는 뜻이란 말시. 암튼 살다 뭔 일 있더락두 내 눈에 흙이 들어가기 전엔 갤대 이혼만은 안된다는 것이여. 아니 나 죽고 나서도 새끼덜 생각해서락두 당최 이혼만은 안된다는 걸 다들 깊이 새겨 명심혀야 쓴다. 남편은 원캉 피 한방울 안 섞인 남인께 미울 적엔 사정읎이 미운 게 남편이란께. 긍께 포도시 참고 또 참음서 걍 남인드키 살다보믄 더런 좋은 날도 안 있겄냐.

시모의 낯빛은 무언가 결연함이 감돌아 아무도 감히 토를 달 수가 없었다. 이혼금지 반지라니 그러면 바로 이혼금禁반지가 아닌가. 말하자면 이혼금지 링이라 할까. 희연 또한 자신의 손에 낀 반짝이는 반지를 내려다보며 뭔가 숙연해져만 가는 기분임을 어쩔 수가 없었다. 당신 아들에 대한 노모의 차마 말로 표현 못할 슬프고도 애틋한 모정. 네 며느리 중 그 누구도 그걸 모를 사람은 없었다. 막대한 유산보다, 백 마디의 말보다 오직 마음 한 자락으로 당신의 간절한 바람을 전하는 시모의 혜안과 인품에 희연은 그저 가슴이 먹먹할 따름이었다.

이혼금지 링. 경석과의 결혼 생활 근 20여년. 과연 이혼의 위기를 느낀 적은 언제였던가. 홀로 기차에 몸을 싣고 서울로 돌아오며 희연은 이혼금지 링이 끼워진 자신의 약지를 내려다보며 찬찬히 자신의 결혼 생활을 되짚어 갔다. 자신의 됨됨이, 그 그릇이나 깐으론 참으로 쉽지만은 않은 고된 여정이란 생각이 들었다.

골고다의 길. 철부지 신혼 시절, 시가로 가는 험한 길을 가리켜 스스로 그렇게 이름 지은 길. 경운기 달리는 정취 있는 농로를 놓고 어쩜 지나친 엄살과 과장으로 명명한 것인지도 모르겠으나 그만큼 희연의 강파른 성정으론 감당키 힘든 길임이 사실이었다. 시가에 오면 늘 마음 한 켠을 채워오

는 외로움, 쓸쓸함, 무거움, 그리고 시도 때도 없이 몰아 닥치
는 근원 모를 추위, 불안 같은 불온한 감정들……. 아이 둘을
낳고 어느만큼 나이가 든 후에야 희연은 비로소 그것의 정체
가 과연 무엇인지, 그것에 대해 곰곰 생각할 시간을 갖게 되
었다. 혈연이 아닌 법적, 사회적 관계망으로 얽힌 인간관계
가 빚어내는 이질감, 마찰, 불협화음, 갈등 등등. 그러한 요소
에 대한 본능적인 경계와 괴리. 그리고 미성숙한 자기 보호
본능으로 그 대상들과의 순응, 화합에 앞서, 오직 그것과의
거리 두기에만 급급한 방어의 결과가 아니었을까. 그리고 결
혼 생활 20여년간 그러한 현상은 아직도 완전히는 소멸되지
않는 진행형임에 희연은 때로 심한 자괴와 자책에 빠지곤 했
다. 다만 조금씩 희석되고 용해되어 갈 뿐.

영남과 호남. 그 두 지역간의 습성과 언어, 또한 정서와
문화 차이. 도농간, 학력간의 어쩔 수 없는 인식과 시각, 사고
의 차이. 그러한 요소들은 차지하고, 사람과 사람의 관계에
서 그 무엇보다 중요한 건 개체의 저마다 타고난 인성과 인
품임을 감안한다면 적어도 자신과 연이 된 시가의 구성원들,
그들의 사람됨, 그리고 선한 품성은 자신이 도저히 따를 수
없음을 희연은 인정치 않을 수 없었다. 인정, 베품, 선의, 이
해심 등등 모든 면에서 배움이 더 긴 희연보다 그들이 훨씬
더 때묻지 않은 순도 높은 맑은 심상을 유지하고 있음은 부
인할 길이 없었다.

헤어지는 순간 시모는 희연의 안색을 바라보며 말했다.
에미야, 요즘 쪼깐 안색이 안 좋아 꺽정시럽다. 애비랑 뭔 일

있는 거 아녀. 지발 서로 싸우덜 말고 살도록 혀. 지나고 보믄 다 벨일도 아닌게. 웃으며 옛말 허는 때가 기연시 온단께.

매사 기민한 감각의 시모는 몇 번이고 희연의 낯빛을 살피며 그렇게 우려를 표했으나 희연은 끝내 내색 하지 않았다.

실은 지금이 경석과의 관계에서 결혼 생활 최대의 위기를 맞고 있는 상황일지도 몰랐다. 문제의 핵심은 딸아이 유리의 대입시 실패였다. 늦깎이로 문단에 나온 희연이 한동안 밀려오는 청탁에 정신없이 세월을 보내는 사이, 아이들은 부쩍부쩍 커나갔고, 그러나 모성의 보살핌을 벗어난 아이들은 희연의 원고가 쌓여가는 높이에 반해, 우르르 학교 성적이 하향으로 떨어져 내리는 기현상이 발생했다. 그러나 일단 시작된 창작 의욕의 뜨거운 발진, 그 열기 또한 결코 제어가 용이한 일은 아니었다. 가사와 자녀 교육이 병행되어야 하는 창작활동. 그 두 길의 중심축에 아등바등 버티고 서 되도록 평형을 유지하려 무진 애를 썼으나 결과는 참패였다. 첫 아이 유리는 대입시 1차에 이어 2차까지 전부 낙방, 결국 재수의 길로 들어서지 않을 수 없었고, 그때부터 집안 분위기는 완전히 달라졌다. 경석은 대노하여 그 모든 책임을 희연에게로 돌리며 언어 폭력을 서슴치 않았다. 잘한다, 잘해. 소설 나부랭이 쓴답시고 펄럭이더니 딸은 에미가 나온 대학도 못 보내고……. 얼굴 들고 다니겠어, 어디!!

하긴 경석으로선 죽었다 깨어나도 이해 못할 상황이었

다. 어려운 환경 속에서 독학이다시피 노력하여 소위 대한민국 최고의 명문 S대를 나온 만큼 웬만한 환경에서 공부를 못한다는 건 그로선 도저히 이해 불가의 일이었다. 그러나 역으로 해석하자면 그러기에 곧 공부란 어떠한 여건이나 환경도 무관하게 온전히 자신의 노력과 역량에 달린 거란 사실은 어찌 간과하는가. 희연은 그러나 그 어떤 해명이나 변명조차 할 여력이 없었다. 우선 자신의 아픔이 너무도 커 자학을 하듯 경석의 모든 비난을 감수하며 견뎌낼 따름이었다. 유리가 마침내 대학에 들어가는 날 말없이 집을 떠나리라. 재수 학원을 가기 위해 아침마다 야윈 어깨로 무거운 가방 둘러메고 집을 나서는 유리의 모습에, 희연은 매일 아침 창가에 앉아 눈물을 흘리며 흐느껴 울었다.

문학을 한다는 것. 그리고 딸아이의 대입시. 그 둘 중 하나만을 선택해야 한다면 결단코 딸애의 대입시라는 엉뚱한 결론을 내리며 아무 일도 않고 홀로 칩거하는 시간이 늘어만 갔다. 또한 운명을 바꿀 수만 있담, 차라리 자신이 재수를 하고 딸애가 대입 1차에 단번에 합격하는 게 백번 낫겠다는 하릴없는 망상에 빠져 허우적대기도 했다. 경석과의 냉전은 계속되었고 희연은 절필했다. 아니 절필이라기 보담은 단 한 줄도 글을 쓸 의욕이 일질 않는 멍하고 우울한 나날이 흘러갔고, 늦깍이 작가, 희연은 점차 문단에서 잊혀져갔다. 밥하고 빨래하고 청소하고⋯⋯. 애초에 그래왔듯 희연의 일상은 아무런 욕구도 의식도 없이 그저 구름처럼 허공을 휘이휘이 떠돌 뿐이었다.

시모로부터 나들이 요청이 들어온 건 바로 그 즈음. 희연의 의식엔 사실 시가에 대한 개념조차 희미해져 가던 때라 시모의 청에 선뜻 응하는 일도 쉽진 않았다. 그러나 평소 그녀를 더없이 아끼던 시모의 마음을 알기에 차마 마다할 수는 없었다. 시모가 마련해 준 이혼금지 링. 그것의 의미가 그러기에 그녀에겐 더욱 각별할 밖엔 없었다.

상행선 열차의 차창을 통해 짙게 물든 가을 들녘이 스쳐갔다. 차창에 기대 귀로의 의미를 되새기는 희연의 마음에 다시금 알 수 없는 슬픔이 고여온다. 고운 단풍도 자신에겐 더 이상 찬란한 매혹이 아닌, 그 어떤 종말을 예비하는 처연함으로만 다가올 뿐임이 슬프다. 순간 시모의 말이 떠오른다. 큰애, 갸가 공부헌다고 밖으로만 떠돌아갖고선 언지 가정 교육 받을 새가 있었겠냐. 얌전히 자란 니가 뭣을 배워도 하나락두 더 배웠을텡께 서로 갈쳐가믄서 잘허고 살아야 헌다아.

아들 가진 어미로서 그런 말 하기가 어디 쉬운 일인가. 딸에 이어 아들도 낳아 기른 희연이 그걸 모를 리 없기에 시모의 말은 그녀의 심중 깊은 곳에 뭉클한 감동으로 남아있었다. 시모의 훈훈한 배려와 사랑이 없었다면 유리가 대학에 떨어진 직후 진작에 집을 나갔을 지도 모를 일이었다.

열차가 종착역에 닿았음을 알리는 방송이 들려왔다. 희연은 서둘러 짐을 챙겨 열차에서 몸을 내렸다. 지친 몸으로 학원에서 돌아온 재수생, 유리와 아들 윤이 애타게 저녁을 기다리고 있을 시간이었다. 통닭과 피자를 사가야 할까. 경석은 요즘 거의 집에서 저녁을 먹는 법이 없었다. 희연과 거의 눈을 마주치지 않음이 상책이라는 태도였다. 이미 습관처럼 굳어진 방식이기에 희연 또한 외려 그게 편해져감을 어쩔 수가 없었다. 내년 봄 유리만 대학에 들어가면 모든 게 정리되고, 그리고 난 홀홀히 집을 떠나가리.

희연은 빠른 걸음으로 개찰구를 빠져나와 역 광장의 공중 전화 박스로 들어갔다. 유리가 전화를 받았다. 간만에 들어 보는 밝은 음성이었다. 방금 도착했다. 뭘 사갈까. 윤이도 집에 있니. 엄마, 역에서 아빠 못 만났어요? 할머니가 아빠 회사로 전화하셨대요. 기차역으로 엄마 마중 나가라고요. 만약 만남 어긋나면 엄마, 역 그릴에서 기다리라고, 아빠가 그렇게 전해달랬어요.

이어서 좀 전관 달리 낮게 가라앉은 음성으로 유리가 말했다. 모든 게 다 제 잘못이에요. 그치만 이번에 아빠랑 화해 안하심 저 진짜 힘들어요. 맘이 편칠 않아 공부가 머리에 들어오질 않아요. 저를 봐서라도 그만 화 푸시고 아빠랑 화해하심이 좋겠어요. 제발요, 엄마아…….

그건 엄마, 아빠 둘 사이의 일이다. 넌 신경 쓰지 말렴. 우리가 알아서 할게.

단호히 전화를 끊으며 전화 박스를 나오는 희연의 시야에 택시에서 급히 몸을 내리는 경석의 모습이 들어왔다. 몹시도 지치고 초췌한 모습이었다. 역 그릴에서 기다리라니! 지난날 쓸쓸한 기억만으로 가득찬 곳. 시가에서 상경할 때면 힘든 골고다의 길을 다녀 온 보상이랄까. 모든 인간 관계나 며느리로서의 정신적, 육체적 노동으로 인한 자잘한 갈등, 피로감. 그런 감정의 찌꺼기로부터 홀홀 자유롭고 싶은 희연은 잠시나마 그릴에 들려 차라도 한잔 마시며 쉬어가길 원했으나 경석은 그걸 이해 못했다. 방금 다녀 온 고향의 토속적 체취완 너무도 다른, 환하고 화려한 그릴 분위기에 온몸으로 거부감을 표해 희연을 힘들게 했다. 한데 하필 그릴이라니…….

시계탑을 일견한 후 황황히 역사 2층 그릴을 향해 달려가는 경석을 뒤로 하고 희연은 결연히 몸을 돌려 역전 택시 스탑의 긴 대열 속으로 몸을 숨겼다.

8화

# 만경강은 흐르고

망해사에서 시모와 며느리들이 단합대회를 한 그해 늦가을, 느닷없이 계순이 상경하여 희연에게 연락을 해 왔다. 결혼생활 근 20년차. 그 기간을 통해 처음 있는 일이었다. 경석과 한석이 불과 1년의 차이를 두고 결혼했으니 동서간 결혼 연조는 거의 비슷한 편인데 그간 단 한번도 그런 일이 없었기에 희연의 놀라움은 컸다.

형님, 저 서울 왔어요. 근디 막상 오고 본께 갈 디도 없고, 형님 밖엔 생각 안 나 연락 드리네여. 전화선을 통해 들려오는 계순의 음성은 매우 지치고 힘들어 보였다. 희연은 놀라움을 누르곤 우선 계순의 소재를 알아내 그녀가 있는 곳으로 달려갔다. 용산역 부근의 작은 찻집이었다.

되도록 형님께도 안 알리곤 애들 아빠랑 둘이 해결하고 잖었는디 그 화상 성격이 원캉 징혀갖곤 도통 뭔 대화가 되질 않는단께요. 그간의 경위를 들려주는 계순의 모습엔 터질 듯 응축된 울분이 느껴졌다. 내막인 즉, 한석이 만학으로 입학한 신학대 동기생 모임이 화근이었다. 물론 계순 또한 함께 입학한 동기였으나 방앗간일이며 집안 일 등으로 번번이 그녀는 모임에 빠지기 십상이었고, 반면 쾌활하고 재담이 뛰어난 한석은 날로 동기생들 사이에 인기가 더해갔다. 마침 일박이일 일정 가을 세미나 참석 문제로 여자 동기생이 한석에게 전화를 걸어온 것이 사건의 발단이었다. 방앗간에서 급히 주문 받은 찹쌀 인절미에 하얀 팥고물을 묻히고 있던 늦은 오후였다.

한석의 핸드폰을 통해 울려오는 여자 동기생의 음성은 봄철 버드나무 순처럼 연하고 부드러워 곁에서 듣는 계순마저 몸이 오그라들 정도였다.

한석씨이, 저 과 대표, 차명자여요. 잘 지내셨지요오. 호의가 뚝뚝 흐르는 여자의 나긋한 음성에 한석의 낯빛이 확 밝아짐을 계순은 놓치지 않았다. 차명자, 그녀는 사실 신입생 오리엔테이션 때부터 뭔가 좀 남다른 느낌으로 눈에 띄는 존재였다. 대다수 나이 든 중년의 극히 평범하고 너주레한 만학도들 사이에서 뭔가 좀 단아하고 깔끔한 자태가 단연 눈길을 잡아끄는 여자였다. 그리 튀는 미모는 아니었으나, 퍼머기 없이 짧게 묶은 생머리에 야무진 눈빛, 더없이 수수하면서도 어딘가 엣지있는 옷차림이 은근히 주위의 시선을 끄는 그런 타입이었다. 신학이나 성서에 관해서도 상당한 내공이 느껴지는 모범 학생이라 클래스 전원의 추천에 의해 과대표로 선출되었다.

그러기에 세미나 관계로 그녀가 전화를 한 것까진 이해하고도 남았으나, 두 사람이 주고 받는 대화의 분위기가 실로 심상찮아 계순은 기분이 상했다. 흥건한 웃음 속에 깃든 짙은 친화감. 직감으로 계순은 한석이 차명자에게 매우 호감을 품고 있음을 알았다. 더구나 본인은 기꺼이 세미나 참석에 응하며 계순은 전혀 염두에 두질 않는 한석의 무심한 태도라니! 계순은 더 이상은 참을 수가 없어 그만 냅다 소릴 질렀다. 전화질 좀 작작 혀. 떡은 대체 언지나 만들 것이여. 세미난가 재미난가 고것이 뭣이 그리 중헌디. 참말로 백여시 같은 것이 사람 잡겠구먼. 계순의 악다구니에 황급히 전화를 끊는 한석의 얼굴이 하얗게 변하는가 싶더니 순간 쫘당, 팥고물 담긴 함지박을 뒤엎는 소리가 들려왔다.

뭣이 워쩌. 이 여자가 보자보자 혔더니만 참말로 가관이란께. 아, 걸려오는 전화도 못받고 살아야 혀. 하아, 완전히 미쳤구먼, 미쳐부렀어.

분노에 찬 한석의 음성이 방앗간을 울려왔고, 계순은 허겁지겁 엎어진 함지박의 팥고물을 쓸어담았다. 팥고물이 작업대에 새로 깐 비닐 깔개 위로 쏟아진 게 그나마 다행이었다. 그 놈의 불같은 성질은 정말이지 아무도 말릴 수 없음을 알면서도 번번이 또 부딪치곤 하는 상황이 끔찍하여 계순은 턱, 숨이 막혔다. 더 이상은 그와 잠시도 한 자리에 있기가 힘들어 계순은 서둘러 떡을 마무리 한 후 홀홀이 방앗간을 벗어났다. 어디라도 가서 좀 안정을 취해야만 될 일이었다. 그러나 막상 집을 나오니 갈 데가 막막했다. 마음에 금방 떠오르는 친구가 단 한 명도 없어 계순은 너무도 쓸쓸하고 망연한 기분에 휩싸였다. 어쩌다 허허로이 발길 닿은 곳이 J시 중심가의 성산 전망대였으나 힐끔거리며 바라보는 나이 든 노인들의 불온한 눈길이 두려워 계순은 그대로 곧장 산을 내려오고 말았다. 이럴 때를 대비해 가까운 친구 하나 만들어 놓지 못한 자신의 처지가 서러워 눈물이 질금거렸다.

다음 차례로 그녀의 발길이 닿은 곳은 어처구니 없게도 시집의 선산이었다. 그토록 매운 시집살이로 적잖이 힘든 삶을 살아왔거늘 발길 닿은 곳이 고작 시어른들의 묘소라니! 그녀는 스스로 생각해도 기막히고 놀라워 절로 쓴웃음이 배어났다. 보기 좋게 떼가 자란 시부의 묘소 앞에 앉으니 만감이 교차하여 울컥 눈물이 솟구쳤다. 미운 정, 고운 정. 맞는 말이다. 그 말이 맞을 것이다. 살아 생전 어렵기만 하던 시부였으나 마치 투정을 하듯 한바탕 눈물을 쏟으며 하소를 쏟아내니 조금은 속이 후련해지는 느낌이었다. 무덤가 누렇게 말라가는 잡초를 잡아채는 그녀의 귀에 먼 기적 소리가 들려왔다.

순간 계순은 불현 듯 서울의 큰 동서, 희연을 떠올렸다. 형님이라면 적어도 자신의 기분을 이해 해주고 편안히 받아주리란 생각이 들었다. 근거는 알 수 없었으나 막연히 그런 생각이 들었음은 자신도 알 수 없는 일이었다.

예상대로 희연은 계순의 전화를 받자마자 차를 몰고 역사 부근으로 달려나왔다. 한적한 곳으로 차를 몰며 희연은 차분히 계순의 상경 연유를 물었고, 계순은 여전히 격앙된 모습으로 한석과의 충돌, 그것의 자초지종을 털어놓았다. 계순의 토로에 때론 실소로 때론 긴 한숨으로 반응하던 희연이 문득 제안했다. 동서 우리 어딘가로 여행이나 떠날까. 집안 일 같은 건 깨끗이 잊고 한동안 푹 쉬었다 오는 거야. 동의하는 거지? 희연은 힘껏 엑셀을 밟으며 말했다.

가을색 짙은 만추의 강변 길을 따라 희연이 달려가는 목적지는 바로 수현이 사는 C시였다. 계순을 태워 여행을 떠나기로 작정했으나 막상 딱히 떠오르는 곳 없이 무작정 달리다 보니 자신도 모르게 C시로 향하고 있었다. 직업 군인인 병석의 잦은 근무지 이동으로 남녘 G시에서 강원도의 C시로 이사온 지 불과 몇 개월이 안되는 시점이라 희연은 몇 번인가 다녀왔으나 계순은 C시가 처음이었다. 오매나 여그 이 동넨 참말로 호수가 많네요오. 차창을 통해 확 펼쳐지는 호수를 바라보며 계순은 연신 감탄을 터뜨렸다.

계순을 차에 태워 C시를 향해 달려가며 희연은 한 편의 영상처럼 생생히 떠오르는 수현과의 옛일들을 떠올렸다. 병석과의 긴 불화로 잠시 서울 희연의 집에 와 동거를 하면서도, 수현은 별거 내내 자신의 오른 손 약지, 그곳의 금반지만은 결코 손에서 빼질 않았다. 한데 핸들을 잡고 C시를 향해 달려가는 자신의 오른손 약지에도 여일히 뫼비우스 띠 모양의 금반지가 끼워져 있음을 발견하고 희연은 혼자 웃었다. 순간 희연의 눈길은 절로 운전석 옆 계순의 손을 향해 미끄러졌다. 아니나 다를까. 계순의 오른손 약지에도 어김없이 이혼금지링이 반짝이고 있음을 확인하는 희연의 입가에 묘한 미소가 번져갔다. 동서, 걱정 마. 삼촌이랑 곧 화해할거야. 일테면 두 사람은 늘 사랑싸움이니까. 아녀요, 형님. 이번엔 참말로 오만정 다 떨어졌단께요. 계순이 부르르 몸서리를 치며 그렇게 말했으나 이상하게도 희연은 내심 그 어떤 마법의 패를 지닌 듯 마음 한 구석이 평온해 옴을 느꼈다.

마법의 패. 그러했다. 시모가 해 준 뫼비우스의 반지를 손에 낀 순간부터 웬지 그것이 늘 자신의 마음을 지키고 길을 밝혀줄 듯한 근거없는 믿음 같은 것. 그런 믿음을 지니게 되었음은 알 수가 없는 일이었다. 딸 유리의 대입시 실패에서 비롯된 경석과의 거리감, 소원함도 언젠가는 점차 희석되어 갈 듯한 예감. 그건 어쩜 자신의 내적 의지나 지향이랄 수도 있겠으나 어쨌든 희연은 은연중 그것이 주는 느낌을 마치 자기암시와도 같이 내밀히 마음에 품게 되었음은 스스로도 설명이 잘 안되는 일이었다.

수현과 병석이 남녘 군부대 주둔지 G시에서 살던 시절, 그들은 어느날 심한 부부싸움으로 경석과 희연을 급히 호출했다. 맏이인 형 내외가 와서 자신들의 불화를 중재해주길 바라는 SOS였다. 연유인 즉, 수현이 모처럼 친구들 모임에 나가 밥 먹고 쇼핑하고 영화 보느라 병석이 걸어 온 수차례의 전화를 내내 받지 못한 게 화근이었다. 그날 수현의 외출을 사전에 알고 있었기에 아예 부대에서 저녁까지 먹고 퇴근한 병석은 혼자 느긋이 TV를 보며 편안한 마음으로 수현을 기다렸다. 그러나 아무리 기다려도 수현이 귀가하질 않자, 그는 내심 점차 불안한 마음이 싹트기 시작했다. 이윽고 그는 수현의 핸드폰으로 전화를 걸었다. 한 번, 두 번, 세 번……. 그러나 번번이 신호는 가는데 수현은 끝내 전화를 받지 않았다. 병석의 기분은 점차 엉망이 되어갔고 마침내 참을 수 없이 화가 치밀어 올랐다.

밤늦게 영화관에서 나온 수현은 핸드폰을 켜며 비로소 병석이 수없이 전화를 해댄 사실을 알았고, 친구의 차에 편승해 부리나케 집으로 돌아왔으나 화난 병석의 마음을 돌이키기엔 이미 한참이나 늦은 때임을 알았다. 여자가 밤 늦도록 왜 전화도 안받느냐. 영화관에 있는데 어떻게 전활 받느냐. 급기야 언쟁이 시작된 두 사람의 이견은 좀체 좁혀지질 않고 점점 더 극을 향해 치달았고 결국엔 더없이 격한 감정이 되어 서로 헤어지자는 말까지 오가기에 이르렀다. 병석의 급요청을 받고 그들에게로 달려 간 경석과 희연은 너무도 험악하고 격렬한 기세로 서로 자신의 행위만이 옳다고 우기는 언쟁에 그저 속수무책일 따름이었다.

밤늦도록 전화도 안 받고 연락이 안돼 좀 뭐라 했더니 자신을 의심한다고 핸드폰을 던지며 악을 쓰는 그런 여잡니다. 도저히 더는 참을 수 없어요. 평소 협심증이 있는 병석이 숨을 몰아쉬며 분을 못 삭혀 씩씩대었다. 아니 친구들이랑 시내 나간 걸 알면 좀 늦어도 가만히 기다려 줄 일이지 전화를 무려 5분 간격으로 18번이나 했더라고요. 정상이라 할 수 있나요. 너무도 화가 나 이놈의 핸드폰 꼴도 보기 싫다며 던져 버렸죠. 수현도 한 마디 지지 않고 대차게 맞서는 모습이 도저히 어찌해 볼 수가 없는 상황이었다. 이런 말 저런 말로 일단 둘을 안정시킨 후 뭐라도 좀 먹으러 가자고 권했으나 소용 없었다. 회사에서 급히 연락 받고 일찍 나온 경석이 차를 몰고 근 3시간을 달려가느라 저녁도 거른 만추의 밤. 집안은 온통 어두컴컴, 을씨년스럽기 짝이 없었고 저녁도 굶고 싸우는 둘의 모습이 너무도 썰렁하고 살벌하여 가슴이 옭죄어 왔다.

일단 두 사람을 격리시키는 게 급선무란 생각이 들었다. 우선 수현이라도 데리고 나가 뭐라도 좀 먹여야 한다는 게 희연의 생각이었다. 그러나 경석의 판단은 또 달랐다. 제수씨, 서울 갑시다. 일단 우리집에 머물며 마음 좀 가라앉히고 쉬면서 천천히 생각해도 늦지 않아요. 경석의 단호한 음성에 희연은 순간 가슴이 철렁 내려 앉았다. 경석의 음성엔 아무도 거역할 수 없는 진심, 그리고 힘이 담겨 있었다. 그러나 아내인 자신의 의사와 전혀 상관 없이 수현을 무작정 서울로 데려가려 하다니!! 평소 그리 가까운 동서지간도 아니거늘 수현과 한 집에 머물며 뭘 어쩌자는 것인가. 희연은 너무도 기가 막혀 아무런 말도 나오질 않았다.

길고 노란 머릿털, 직업이 미용사인 시스룩 차림 태권도 9단의 당찬 여자. 처음 시댁에 인사 왔을 때의 그 낯설고 이질적인 모습 그대로인데 이 일을 어쩌면 좋담. 희연은 가슴이 답답해 와 말을 잃었다. 그런데 더욱 놀라운 것은 수현의 반응이었다. 그녀는 가타부타 말없이 시숙인 경석의 지시에 따라 자신의 짐을 여행용 캐리어에 차곡차곡 채워 넣었다. 심

지어 헤어 커트용 가위, 퍼머용 롤, 고데기, 염색약, 네일 아트 제품 등등 온갖 미용 재료를 빠짐없이 챙겨 넣어 가방이 곧 터질 지경이었으나 개의칠 않았다. 그 모습이 참으로 어이 없고 한편은 또 마음 한 구석을 짠하게 하여 희연은 실소했다.

그런 곡절을 거쳐 수현과의 동거가 시작되었다. 마침 대학원생인 희연의 아들 윤이 학교 가까운 곳에 방을 얻어 나가 있기에 아파트에 빈 방이 하나 있어 다행이었다. 수현은 바로 그 방에 짐을 풀었다. 형님, 죄송해요. 친정에 가 있으려도 나이 든 엄마에게 걱정만 안기고, 그러다간 영영 그이와 이별할까도 두려워, 그래도 형님댁에 있는 게 둘이 화합하기엔 훨씬 좋을 듯 해서요. 대신 제가 청소며 요리도 하고 형님 머리도 해드리고 할게요. 그렇게 말하는 수현의 태도에 희연은 내심 감동을 금할 수가 없었다. 그런 마음 가짐이 어디 쉬운 일인가. 결과야 어찌 될망정, 그런 상황에선 누구나 일단 친정으로 달려가는 게 상례인데 심신 불편하고 껄끄럽기 십상인 시집 동서네로 거처를 정하다니!! 터프하고 야해 보이는 겉모습과는 달리 의외로 심지 깊고 사려성 있는 여자란 생각이 들었다.

수현은 아침이면 따끈한 토스트에 베이컨과 계란 후라이, 온갖 야채를 곁들인 풍성한 식탁을 마련하였고, 때로 낮에 혼자 마트에 가 신선한 재료를 사와 맛깔스런 요리를 만들곤 하여 희연을 놀라게 했다. 그뿐인가. 하루 종일 서재에서 원고지와 씨름하는 희연의 초췌한 모습을 딱히 여겨 종종 자신의 차에 희연을 태워 먼곳으로 드라이브를 가기도 했다. 애초 잔뜩 우려했던 수현과의 동거는 기우였음을 깨닫게 하는 나날이었다. 형님 머리 예쁘게 해주려고 그 와중에 눈치없이 퍼머 기구까지 다 싸온거에요. 수현이 황망 중 집을 나오며 왜 그리 짐을 꾸역꾸역 쌌는지, 그걸 비로소 알게 하는 말이었다. 희연이 좀 한갓진 날엔 커트와 퍼머에 이어 네일 아트며 패디큐어까지 해주었고, 이따끔씩은 둘이 백화점을 나가 아이 쇼핑을 하며 많은 이야길 나누었다.

그러나 밤이면 수현은 이불을 뒤집어 쓰고 혼자 울었다. 깊은 밤 희연이 잠을 깨어 거실을 서성일 때면 입을 꼭 막고 오열하는 수현의 울음 소리가 새어나옴을 희연은 모르지 않았다. 날은 겨울을 향해 치달았고 어언 찬바람 부는 계절이 다가오자 수현의 얼굴에도 점차 수심의 그늘이 깊어만 갔다. 그녀로선 그간 병석과의 화해와 소통을 위해 수시로 문자와 편지를 보내며 그의 마음을 돌리려 애를 썼으나 대답 없는 메아리일 뿐이었다. 남녘 P시에서 대학을 다니는 큰아들 환과 군복무 중인 둘째 진은 너무도 큰 충격을 받은 나머지 완전 실의에 찬 나날을 보내고 있다는 소식을 전해 와 수현의 마음을 아프게 했다. 예상보다 훨씬 더 길어지는 별거에 그녀 또한 점차 절망감에 빠져듦을 어쩔 수가 없었다.

보다 못해 희연이 나서 병석과의 접촉을 시도했다. 용산 군부대에 출장 오는 날을 기다려 조용한 카페에서 그를 만났다. 삼촌, 아직도 화가 안 풀렸나요. 동서는 삼촌을 무척 그리워하던데……. 그렇게 운을 떼며 병석의 마음을 떠보았으나 막무가내였다. 얼마 전 군에 간 둘째, 진에게서 편지가 왔는데 이따금 권총 자살을 하고픈 충동에 시달린다는 것. 또한 엄마 아빠의 불화, 별거로 때론 탈영을 해버릴까 하는 충동에 빠져들기도 한다는 상황 등. 실로 전하기 쉽지 않은 그런 심각한 얘기까지 내비쳤으나 병석은 약간의 동요만 보였을 뿐, 큰 흔들림은 없어 희연을 좌절케 했다. 헤어지며 지난밤 수현이 밤새워 쓴 손편지를 병석의 손에 꼭 쥐어 주며 희연이 말했다. 사람의 진심을 몰라주면 그것도 큰 죄에요. 동서는 삼촌을 깊이 사랑하고 있어요. 그걸 잊어선 안됩니다. 그 말을 하는 희연의 눈가에 돌연 이슬이 맺힘을 병석도 보았던 것일까. 형님, 죄송합니다. 순간 덥석 희연의 손을 잡았다 놓으며 낮은 음성으로 그가 말했다.

　그러나 본격적인 겨울로 접어들어서도 병석으로부턴 이렇다 할 아무런 소식이 없는 막막한 날이 계속되자, 수현은 마침내 큰아들 환의 대학이 있는 남녘의 P시로 거처를 옮길까 고심했다. 언제까지 서울 형님 집에만 얹혀 있을 수도 없는 입장이란 생각이 들었다. 그러한 상황에서 때를 맞춘 듯 K시로부터 시모의 병환을 알리는 소식이 날아왔다. 최근 부쩍 건강이 악화된 시모가 결국 입원을 했다는 전갈이었다. 모두 걱정만 하고 있던 차 수현이 선뜻 나서 간병을 자처했다. 희연은 내심 엄청난 놀라움을 느꼈다. 병석을 진정 좋아하지 않고는 있을 수 없는 일이었던 것이다. 불화 후 곧장 친정으로 내려가지 않고 시댁 동서네로 와 힘든 나날을 견디어

간 점, 그 지난한 기다림 속 인고의 과정 등등 겪어볼수록 보통 여자가 아니란 생각이 들었다. 겉보기 보단 훨씬 더 속이 깊은 여자. 수현과 근 한 달여의 시간을 함께 보내며 희연은 손아랫 동서인 그녀로부터 많을 걸 보고, 느끼고 깨달았다.

희연의 집을 떠나 병석에게로 가던 날 수현이 제 오른손을 내려다 보며 말했다. 형님, 끝내 저를 지켜준 게 뭔지 아세요. 반지, 이 반지에요. 어머님이 해주신 이혼금지링. 이걸 끼고 있음 웬지 절대 이혼만은 안 할 듯한 야릇한 믿음 같은 거, 뭐 그런 게 있었어요. 반지를 내려다보며 그렇게 말하는 수현의 음성이 젖어 있어 희연은 말없이 그녀를 꼬옥 안아주었다. 동서. 정말 잘 참았고 참 대단했어. 앞으론 모든 일이 잘 풀릴 거야!!

결국 한 달여 시모의 간병 후 수현은 다시 자신의 집으로 복귀할 수가 있었다. 단지 말로서만의 사과가 아니라 직접 몸과 행동으로 보여준 진심. 말하자면 진정성의 승리였다. 시모가 입원해 있는 동안 병원을 드나들며 수현과 맞닥뜨린 병석은 지극정성으로 노모를 간병하는 수현의 모습에 꽝꽝 얼어붙었던 자신의 내면이 시나브로 무너져내림을 느꼈다. 그는 다시 수현을 용서하고 받아들였다. 마침 병석이 남녘 군부대에서 전출되어 서울에서 두 시간 거리의 C시로 가게 되었음은 그들 일상의 환기를 위해서도 썩 잘된 일이었다. 두 사람의 화해를 누구보다 기뻐한 사람은 맏형인 경석과 희연 부부였음은 말할 나위가 없었다.

도착 전 미리 연락을 해두긴 했으나 집에서 그들을 기다리고 있던 수현은 펄쩍 뛰며 두 동서의 방문을 반겼다. 형님들 진짜진짜 잘 오셨어요. 안그래도 여긴 좋은 데가 너무 많아 형님들 한번 초대하려 했었어요. 아이처럼 좋아하는 수현의 모습에 희연은 C시로 오길 정말 잘했다고 안도했다. 수현은 그런 여자였다.

마침 병석이 군 본부 연수로 부재 중이라 세 동서는 수현의 아담하고 예쁜 아파트를 펜션 삼아 밤새 떠들고 얘기하며 시간 가는 줄을 몰랐다. 손이 빠르고 요리에 소질 있는 수현은 즉석에서 파, 부추, 생굴, 해물 등을 넣어 전을 부치고, 멍게 두부 등, 온갖 야채와 된장을 풀어 매우 독특한 맛의 찌개를 만들어 입맛을 돋우었다.

다음 날 아침 그들은 C시에서 출발, 2박3일의 일정으로 강원도 명소 곳곳을 여행하고 돌아왔다. 두고두고 마음에 남는 편안한 여행이었다. 아무에게도 쉽게 말할 수 없는 남편 흉들을 실컷 보고 서로가 미처 알지 못했던 나름의 삶의 애환들을 허물없이 털어놓음으로써 맘껏 웃고 탄식하며 마치 선루프인양 잠시나마 마음의 창을 활짝 열어젖힌 시간이었던 것이다. 여행 중 희연의 중재에 의해 한석과 다시 화해하게 된 계순은 상경 때완 달리 비교적 가벼운 걸음으로 귀향했고, 다시 일상으로 돌아가는 계순의 뒷모습을 지켜보는 희연의 마음은 까닭없이 짠해왔다.

얼마 후 신학대학 과정을 무사히 마친 한석은 마침내 안

수식을 거쳐 목사가 되었다. 부목의 경력도 거치질 않고 곧바로 개척교회를 세운 것이었다. 방앗간을 하던 상가 건물을 개조하여 교회를 차렸고, 주임 목사가 되었다. 그에 따라 계순은 당연히 사모가 되었다. 그러나 교회 축성식에 이어 본격적인 예배와 목회가 시작되었으나, 어쩐 일로 좀처럼 신자 수는 늘질 않았다. 그래도 주말이면 슬하 다섯이나 되는 아이들의 배우자와 손주들이 모여 들어 어김없이 예배하고 찬송하는 모습은 꽤나 대단한 규모의 가족 예배라 매번 보는 이를 뭉클하게 하는 광경이 아닐 수 없었다. 매일 새벽 일찍 일어나 열심히 찬송하고 예배하는 부부의 모습을 보자면 개과천선이란 말이 따로 없었다. 젊은 시절, 시부모 모시고 농사일 하며 혼자 교회 다니던 계순을 맹비난하던 그때의 한석에 비하면 하늘과 땅 차이의 간극을 느끼게 하는 현상이었다.

한석과 계순은 목회자 가족이 되었고, 수현과 병석은 다시 예전의 평온한 시절로 돌아갔다. 경석과 희연의 갈등 양상도 점차 그 농도가 희석되어 갔고, 별거가 꽤 길었던 막내 진석과 미영 커플까지 다시 합해 모든 것이 다 제 궤도를 찾아가는 듯 하던 그해 겨울. 시모는 다신 영영 깨어나지 못할 만큼 위중한 상태가 되어 병원으로 실려갔다. 모든 검사와 진료 결과 담도암 말기라는 진단이 나왔다. 지난 번 입원 시엔 전혀 발견되질 않았던 증상이라 가족들의 충격은 컸고 모두 실의에 빠져 말을 잃었다. 한석은 어디서든 눈물 바람을 하며 애통해 했고 막내 진석은 마냥 흐느껴 울어 가족들의 마음을 아리게 했다.

　시모의 문병을 위해 J시 대학병원, 정문을 들어서는 희연의 마음은 만감이 교차, 더없이 무겁기만 했다. 시모의 위중을 대면해야만 하는 고통, 자책, 슬픔 등등 표현키 어려운 여러 감정들로 금방이라도 그런 상황이 그저 현실이 아닌 꿈으로 바뀌길 바라는 터무니없는 마음. 그런 마음을 품은 채 희연은 소리없이 병실 문을 열고 안으로 들어섰다. 시모의 병상을 지키던 막내 시누이 혜옥이 울어서 퉁퉁 부은 얼굴로 희연을 맞이했다. 남편의 이직으로 포항에서 K시로 이사 온 혜옥은 누구보다 자주 친정을 드나들며 시모를 극진히 돌보곤 하여 주위를 감동케 하는 존재였다. 결혼 전 희연과 함께한 세월 덕에 비로소 사람이 되었다며 희연에게 늘 고마움을 표하는 다감한 성정이라 언제 봐도 혈육 같은 반가움이 자리하는 시누이였다. 실은 그런 감사의 마음을 가져야 할 사람은 바로 자신임을 알고 있기에 희연은 그저 단지 실소할 수밖에 없는 자신이 딱하게만 느껴졌다.

　두 여자는 그저 손을 꼭 잡은 채 물기 어린 눈길을 마주쳤을 뿐, 아무런 말도 할 수가 없었다. 시모는 잠들어 있었다. 희연은 조심스레 병상으로 다가가 시모의 얼굴을 들여다 보았다. 깊이 잠이 든 모습이었다. 황달기로 낯빛이 노랗게 변해가는 초췌한 모습에 가슴이 철렁, 내려앉았다.

　어머님, 많이 힘들어하시나요. 얼마 후 희연은 혜옥을 향해 겨우 그렇게 물었을 뿐이었다. 계속 진통제 맞으니까 아직 아프단 소린 안혀요. 근디 암 것도 드시질 못허네요. 찰밥이랑 나물 좀 해왔는디……. 목이 메이는지 혜옥이 미처 말을 잇질 못했다. 언니, 이따 저녁으로 찰밥 좀 드셔요. 아네요 아가씨, 괜히 그런 데 맘 쓰지 말아요 와중에도 여전히 살갑기만 한 혜옥의 말에 희연은 가슴이 찡해 왔다. 그들의 얘기 소리에 잠들었던 시모가 힘겹게 눈을 뜨며 무어라 소리를 내었다. 시방 누가 온겨. 서울 큰메누리 소리도 난 것 같은디……. 엄니, 서울 언니 맞어. 방금 왔단께요. 혜옥이 희연의 팔을 잡곤 시모의 침상 곁으로 데려가며 말했다.

에미 왔냐. 먼 디서 오니라 욕 봤다. 힘없고 가는 음성이었으나 정신이나 발음만은 아직 또렷하고 정겹기만 하여 희연은 순간 눈시울이 후끈해 왔다. 먼 디서 밥이나 지대로 먹고 왔겄냐. 에미, 뭐 좀 믹여야 헌다. 아까 본께 혜옥이 쟈가 찰밥 싸왔던디……. 병상에 누워서조차 알량한 큰며느릴 챙기는 시모의 마음에 희연은 가슴이 먹먹해 와 말을 잃었다. 자신이 과연 끼니도 굶은 채 달려 온 살뜰한 며느리던가. 서울에서 기차를 타기 전 햄버거에 커피를 먹고 하차 후엔 역전 편의점에서 간단히 김밥 한 줄을 사먹고 온 터라 희연은 더더욱 시모의 자상한 염려가 마음에 찔려 왔다. 역에서 간단히 먹고 왔어요, 어머님. 희연의 음성이 안으로 자꾸 말려 들었다.

어머님, 음료수라도 좀 드실래요. 두유 좋아하셨는데…자신이 사들고 온 박스에서 두유 하나를 꺼내 시모에게 건네며 희연이 말했다. 그냐. 에미가 사온 거라니 하나 먹어볼까이.
시모는 침대 윗부분을 위로 올려달라 주문한 뒤 상체를 비스
듬히 하곤 희연의 손에 들린 빨대 꽂힌 두유 몇 모금을 빨아
마셨다. 맛나다야. 고맙다, 에미야. 시모가 희연을 바라보며
희미하게 웃어보였다. 따스하고 자애로운, 신혼 초부터 늘
보아 온 변함없는 미소였다. 오매, 언니가 사왔다니께 역부
로 요로큼 앉아서 드시네잉. 혜옥이 놀란 듯 눈을 동그랗게
뜨며 목소릴 높였다.

아서, 인자 그만 먹을란다. 겨우 몇 모금이나 마셨을까.
시모는 이내 얼굴을 찌푸리며 두유곽을 치우라고 손짓했
다. 식욕이 거의 없는 상태임이 분명해 보였다. 그러나 시모
는 다시 침대를 내리란 소리 없이 한참을 그대로 망연히 앉
아 있었다. 초점 없는 잿빛 눈이 희연을 향해 날아왔다. 애미
야, 뭐시냐. 반지는 잘 찌고 다니냐. 지난 가실보다 에미 낯
빛은 좀 낫아진 것도 같은디……. 얼굴이 확 피덜 않는 것이
워쩐 일이다냐. 시모의 얼굴엔 까닭모를 근심이 어른거렸다.
당신 몸이 그리 아픈데 며느리 걱정을 하다니!! 희연은 너무
도 마음이 아려 얼른 시모에게로 다가가 자신의 약지에 끼
워 진 반지를 내보이며 말했다. 어머님. 이 반지, 넘 맘에 들
어 늘 끼고 다녀요. 저를 굳게 지켜주는 마법의 반지 같아요.
희연의 반응에 시모는 다시 또 희미하게 웃어보였다. 그냐.
에미 맘에 든다니 되얏다. 근디 네게 부탁이 하나 있다. 쪼깐
내 젙에 가차이 와 볼쳐. 시모는 침상에 앉은 채 상체를 돌려
자신의 베갯잇 속에서 곱게 수놓인 조그만 쌈지 하나를 꺼내

어 그것을 희연에게 보이며 말했다. 요것이 바로 에미 니가 시집 올 때 해 온 내 은비년디……후제 나 죽고 나믄 뭐시냐, 지난 가실 우리가 놀러 갔던 강에 나가 요것을 물속에다 쪼깐 쫌 던져줬음 쓰겄다. 고렇큼 혀줄 수 있겄지. 에미야, 꼭 부탁헌다아. 차오르는 숨을 가누며 간신히 그렇게 말한 시모는 그만 기진한 듯 다시 침대에 몸을 뉘었다. 혜옥이 훌쩍이며 울음을 삼키는 소리가 들려왔으나 희연은 비어져 나오려는 울음을 삼키며 시모의 손을 꼭 부여잡았다. 앞으로 울 날은 얼마든지 있다. 두고두고……!! 그러나 쇠약한 시모 앞에서 섣불리 눈물을 보여선 안되리. 희연은 몸을 굽혀 시모의 귀에 대고 속삭이듯 자신의 마음을 전했다. 어머님, 염려마셔요. 꼬옥 그렇게 할게요. 따뜻한 봄날 어머님 모시고 강에 나가 함께 던지길 빕니다. 어머님. 얼른 자리 털고 일어나셔요. 희연의 말에 고개를 끄덕이는 시모의 눈가에 한 줄기 눈물이 배어나왔다.

고맙다, 에미야. 근디 더 오래 살아 뭐덜 것이냐. 나사 인자 고대로 죽어도 여한이 없단께. 다믄 살아 생전 훌훌 쏘다니지 못헌 것이 포한이 되얏응께 죽어서락두 쪼깐 넓은 세상 귀경 다니믄 안 좋겄냐. 흐릿헌 만경강 바라보믄 한시반시도 맑은 날 읎이 살아 온 내 속 같아갖곤 걍 한량읎이 물길 따라 흐르고 싶었단께.

꿈속에서나마 훨훨 강가를 거닐 듯 시모는 혼자 무어라 한참을 더 웅얼거린 후 다시 눈을 감았다. 한참을 얘기한 끝에 기력이 다 한 모습이었다.

근 한 달여의 입원 기간 동안 시모는 거의 식음을 전폐하곤 음식을 마다하였다. 곁에서 지켜본 바로는 본인이 더 이상 삶을 이어가려는 의지 자체가 없는 느낌이었다. 나 땜시 고상덜 많다. 징그랍게 오래 살았은께 인자 후딱 죽어야 쓰는디…… 뭐더러 새끼덜 고상시키고 요롱큼 오래 산다냐. 그런 푸념 같은 말에서도 시모의 내심은 그대로 드러났고 스스로의 의지로 자신의 명을 재촉하고 있음이 느껴졌다.

　심지어는 식사 대용 영양제인 링거액조차 맞기를 거부하여 자식들의 마음을 애타게 만들었다. 7남매 중 거의 매일 병원에 들려 정성껏 간병하는 자식은 역시나 가까이 사는 한석 내외였다. 그건 어디까지나 거리상 가깝고 멀고의 문제는 아닐 것이다. 그만큼 아들 중에도 시모와 한석은 서로 밀접한 관계임을 입증하는 것임이 드러났다. 미상불 계순에게 조차 그러한 자신의 효심을 투사, 완전 동일시 하려는 한석의 강압적 태도는 다시 또 계순과의 사이에 심한 마찰을 낳아, 때론 병실이 떠나갈 듯 서로 싸움을 하기 십상이었다. 한석의 그러한 심리는 모든 형제들에게도 어김없이 적용되어 7남매 모두가 나름 최선을 다해 시모에게 마지막 효를 다할 것을 강요하는 느낌이라 희연은 내심 적이 당황하지 않을 수 없었다.

　간병인을 두지 않고 일곱 자식들이 서로 당번을 정해 며칠씩 병실을 지키며 노모를 돌보는 것이 마지막 효라고 여기는 한석과 달리, 희연은 별도의 전담 간병인을 두고 자식들은 형편에 따라 각자 자유로이 문병을 오가는 게 합리적이라고 생각했다. 희연의 그러한 태도는 한석에게 더없는 분노를 불러일으켰다. 급기야 두 사람 사이엔 싸늘한 냉기류가 흐르고 서로 소통이 단절되고 마는 결과를 가져왔다. 적어도 당번을 맡은 날만이라도 시모의 병상을 지키며 성실히 간병에 임하는 것이 맏며느리의 역할이라 생각하는 한석과, 상황과 처지에 따라 보다 유동성 있게 임하자는 희연의 의견이 완전히 상충되어 나타난 충돌이었다. 예컨대 간병과 문병의 인식 차이가 낳은 대립. 희연은 간병이란 말 자체에서 우선 극심한 심적 부담을 느껴 미리 힘들어 하는 유형이었고, 한석은 자식으로서 그건 너무도 당연한 일이란 생각에서 한 치도 벗어날 수 없는 고정 관념을 지닌 남자임이 문제의 핵심이었다.

희연 또한 자신에게 베푼 시모의 사랑을 돌이켜볼 때 적어도 평소 지독히도 편의주의적이고 인내심 없는 자신의 성향을 벗어나지 않을 순 없다는 결론을 내리긴 했다. 한석의 완고한 사고엔 결코 동의할 수 없었으나 시모를 생각하면 도저히 적당히는 안된다는 결론을 내렸고, 나름 자신이 할 수 있는 데까진 최선을 다하기로 어렵게 작심했다. 그러나 그들 형제의 대다수는 희연의 간병시 늘 함께 머물며 그녀 혼자만의 담당을 결코 그대로 일임하려 하질 않았다. 모든 형제들이 자신이 당번을 맡았건 아니건 거의 매일 병실을 오가며 시모의 상태를 살피고 뭔가 도우려 들고 마음을 다함이 전해져 와 희연은 감동했다. 자신과는 뼛속 깊이 DNA부터 다른 사람들임을 절감하지 않을 수 없었다.

특히나 수현은 으레 희연의 당번일이면 자신이 직접 만들어 온 음식, 과일 등을 잔뜩 싸들고 와 한참을 머물다 돌아가곤 했다. 때론 희연의 당번 일에 자신이 대신 간병을 맡아주기도 하여 희연으로 하여금 일면 자책을 느끼게 할 때도 많았다.

그러다 보니 희연은 정작 서울에서 K시로 오가는 날을 빼고 나면 시모의 병상에서 단 하루도 제대로 온전히 머물다 온 날이 없었다. 그런 희연의 모습을 지켜보는 경석의 표정은 착잡하기만 했고 급기야는 한숨을 내쉬며 말했다. 당신이란 여잔 참 안 변해. 무섭도록 자신의 원형질을 그대로 지닌 채 결코 바뀌려 하질 않는 여자. 사람이 한평생 그렇게만 살기도 참 힘든데……. 그 말을 끝으로 경석도 더 이상은 희연을 추궁하려 들질 않았다. 유리의 대입시 실패로 야기된 그간의 냉전 상태가 이제 마악 해빙 단계로 접어든 즈음, 다시금 또 시모의 간병 문제로 불거져 나온 마찰이라 그도 어느 만큼은 지쳐버린 상태인지도 몰랐다. 경석의 그러한 태도는 희연을 더욱 지치고 힘들게 하여 서울에 있는 것보단 외려 K시에 내려가는 게 훨씬 더 편하다는 느낌이 들게 했으나, 어쨌든 시모가 돌아가시기까지 형제들 중 아마 간병 기간이 가장 짧았던 사람은 희연이었음은 부인할 길이 없었다.

그렇게 겨울이 다 끝나갈 무렵, 시모는 근 한 달여의 입원

생활을 마치곤 조용히 눈을 감았다. 더없이 고요하고 평화로운 임종이었다. 시모의 병상을 지키다 마악 상경한 희연은 다시금 황황히 K시로 되돌아 갔으나 끝내 임종을 지키지 못한 존재로 남겨졌다. 임종 자식은 따로 있다는 옛말이 틀린 말이 아님을 질감했다. 사흘간의 연이은 폭설로 전국 교통망이 거의 마비 상태라 신속한 하향이 결코 쉽질 않은 상황이었고, 때는 마침 월말이라 아파트 관리비, 세금 납부 등 제반 은행 볼 일을 다 본 후 내려간 것이 문제였다. 시모는 맏이인 경석과 희연을 빼곤 모든 자식, 사위, 며느리들이 지켜보는 가운데 조용히 세상을 하직했다.

희연이 마악 병실을 들어서자, 시모를 둘러싼 형제, 가족들의 애절한 울음 소리가 울려왔다. 시모는 희연이 마악 병원 입구를 들어서는 순간 숨을 거두었다. 조금만 더 시간을 앞당겨 왔더람! 가슴 저미는 회한에 희연은 단지 망연할 뿐이었다. 경석 조차 회사의 중차대한 임원 회의로 희연의 뒤를 이어 좀 늦게 도착했기에 맏아들, 맏며느리 그들 두 사람은 모두 노모의 임종을 제대로 지키지 못한 것이다. 그로인해 장례 기간 내내 그들은 마치 죄인처럼 짙은 죄책감을 벗어나기가 힘들었다. 형제 중 가장 슬퍼하는 사람은 막내 아들 진석과 한석, 그리고 시모가 애면글면 온갖 정성을 다해 손수 키운 손자, 훈이였다. 일곱 남매 밑 무려 18명이나 되는 손주들이 어언 늠름한 모습의 성인으로 자라나 검은 상복을 입곤 이리 뛰고 저리 뛰며 저마다의 역할로 장례식장을 가득

메운 모습이란 더없는 감동이 아닐 수 없었다. 극히 소소하고 평범하나 실로 비범하고 위대한 모성, 그 희생과 사랑이 가히 작은 거인과도 같은 대단한 존재였음을 느끼게 하는, 마치 축제와도 같은 장례식이었다.

입관 절차 내내 훈이는 떠나는 조모의 마지막 모습을 지켜보며 오열했다. 진석은 비통한 낯빛으로 영구차로 옮겨가는 노모의 관 위에 손을 얹곤 한참을 흐느껴 울어 온 가족의 가슴을 에이게 했다. 시모의 장례식은 겨울 답지 않게 너무도 포근하고 화창한 날씨라 그간 내린 폭설이 무색할 지경이었다. 그러한 날씨는 삼우제까지 그대로 계속되어 하늘이 크게 도왔다며 주위의 모든 이들이 살아 생전 시모의 부덕과 인품을 칭송했다.

시모의 장례는 한석이 목사가 된 후 처음으로 집전한 기독교식 절차로 이행되었다. 훈이의 실종 사건 이후 자신과의 굳은 약속으로 스스로 교회에 나가게 된 시모였기에 대대로 유교적 환경에 젖어 온 가족이긴 했으나 아무도 이의를 달지 않았다. 다만 병석과 진석만이 선산 시모의 묘소에 놓인, 제사 음식을 대신한 하얀 국화 송이를 바라보며 못내 서운한 눈길을 거두지 못했으나 어쩔 수가 없었다.

발인 다음 날, 삼우제를 위해 아직 고향집에 남아 있던 희연은 아무에게도 알리지 않고 혼자 조용히 만경강 하구로 차를 몰았다. 무슨 일이 있어도 시모와의 약속만은 꼭 지켜야만 한다는 마음에서였다. 긴 겨울을 이겨낸 후 살풋 봄기운을 안고 유유히 흐르는 강물을 바라보자니, 늘 흐린 강물, 그 희뿌연 물빛이 꼭 당신 속내만 같다던 시모의 말이 떠올라 희연은 울컥 슬픔 같은 것이 솟구쳐 오름을 느꼈다. 슬픔 같은 것. 그것의 정체는 무엇일까. 장례 내내 희연은 전혀 울질 않았고 그렇듯 도시 울음이 나오질 않는 자신이 적이 놀랍고 당혹스럽기만 했다. 시모로부터 그토록 아낌없고 살뜰한 사랑을 받은 존재이건만 어찌 그럴 수 있는 것인지 스스로 생각해도 참으로 설명이 불가능한 상태일 뿐이었다. 차마 울 염치도 없었던 것일까, 아님 시모의 떠남이 전혀 실감 안 나고 망연하기만 했기 때문일까. 아무리 생각해도 해석이 잘 안되는 부분이었다.

그러나 강가에 나오니 비로소 눈물이 비어져 나오고 가슴이 저며옴을 느꼈다. 여전히 흐릿한 물빛으로 느른히 흐르는 만경강. 그 비옥한 땅, 광활한 곡창지대의 넓디 넓은 평원을 가르며 쉼없이 흘러가는 생명의 젖줄. 그건 바로 가없이 넓고 깊은 시모의 사랑이었음을 깨달았다. 희연은 비로소 울음이 솟구쳐 오르는 자신을 발견했다. 시모가 선물로 남긴 오른 손 약지, 그곳에 끼워진 이혼금지링을 내려다 보는 그녀의 눈에서 뜨거운 눈물이 흘러내렸다. 시모가 자신에게 남겨준 것은 과연 무엇인가. 그건 단지 반짝이는 금속성 반지의 의미만이 아닌, 보다 더 깊고 오묘한 그 무엇이 깃들어 있음을 비로소 희연은 자각했다. 여성으로서 시대를 잘못 만난 불운으로 층층시하의 억압과 불평등, 노역, 극빈, 다산 등 평생 감옥과도 같은 피나는 삶을 견뎌 온 시모의 척박한 삶. 그로 인해 생전 당신이 못다한 사랑의 실천, 계승, 보존 같은, 적어도 그런 것을 지향하는 애타는 소망이 담겨 있음을 그제야 깨달은 것이다.

전후의 빈곤과 결핍 속에서 제대로 먹이지도 입히지도 가르치지도 못하고 키워 온 일곱 자식 걱정에 한시도 맘 편할 날 없이 살아 온 당신의 한 맺힌 삶. 그것에 종지부를 찍고 후손에겐 보다 안락하고 평온한 삶을 물려주고 싶은 갈망 하나로 평생을 힘겹게 지탱해 온 애달픈 모성…… 겨우 열다섯 살에 시집이라고 와 본께 한량 없이 너른 들판이 나헌티는 영락없는 감옥이더랑께. 동서남북도 모르는 에린 것이 워디로 담박질 쳐 도망을 갈 수 있었겄냐, 뭣을 어찌 혔겄냐. 참말로 폭폭허고 깝깝혀서 허구헌날을 걍 죽는드키 살았응께. 대저 나헌티 좋은 날이 몇 날이나 있었겄냐. 설움과 회한에 가득 찬 시모의 음성이 희연의 가슴을 때려왔다.

쉼없이 흐르는 눈물과 함께 그녀는 이윽고 소중히 가슴에 품고 온 시모의 은비녀를 꺼내어 강물 위에 띄웠다. 갓 시집 와 심한 열병으로 머리채가 온통 통째 빠지는 상흔을 겪은 까닭에 평생 쪽머리를 고수하며 애지중지 몸에서 떼어내질 못하던 비녀. 더구나 희연이 혼수품으로 해 온 은비녀는 어딜 가든 늘 시모의 머리를 장식하던 애장품이었다. 어머님, 이제 부디 천상에 오르시어 넓은 세상 훨훨 다니며 평안과 안식 누리소서……. 물살의 출렁거림을 따라 마치 춤사위를 하듯 한들한들 떠내려 가는 은비녀를 바라보며 그녀는 간절히 기도했다. 은비녀가 좁은 강하구를 벗어나 보다 더 넓고 큰 바다에 이를 수 있기를. 그리하여 생의 모든 고통, 애환 훌훌 다 벗어버리고 비로소 흐린 강, 저편 피안에 이를 수 있기를 그녀는 마음을 다해 간구했다. 〈끝〉